留学時の鷗外　ドレスデンにて（『改訂水沫集』より）

鷗外　わが青春のドイツ

鷗外 わが青春のドイツ

金子幸代 著

舞姫。小なる人物の小なる生涯の
小なる旅路の一里塚なるべし。

文づかひ。索遜国機動演習の記念なり。
うたかたの記はMuenchen《ミユンヘン》, 舞姫はBerlin《ベルリン》,
これはDresden《ドレスデン》を話説の地盤とす。
わが留学間やや長く淹留せしは此三都会なりき。

うたかたの記。篇中人物の口にせる美術談と共に、
いと穉き作なり。多くこれに資料を供せし友人
原田直次郎氏は、谷中墓地の苔の下に眠れり。

……『改訂水沫集』「序」より

まえがき

鷗外、森林太郎のドイツ留学時代については、これまで、また現在も数多くの研究書が出版されている。私自身も、ドイツ留学時代に関して何冊かの著書や論文を発表している。いやそもそも、私の書いた論文や著書のほとんどに、鷗外のドイツ留学に対する私の関心が反映されているようにさえ思われる。なぜそのようになっているのかというと、幾度かの私自身のドイツ体験があったからだ。

本書のもとになった諸エッセイは、山之内製薬の広報誌『新薬と治療』に三年にわたり連載したものである。製薬会社の広報誌に私がエッセイを連載するようになったきっかけは、当時同誌の編集をしておられた太田麻里さんが私の鷗外論文をたまたま読まれて、執筆を依頼されたことによる。鷗外のドイツ留学について連載する、という条件の依頼内容であった。同誌の性格から字数はなるべく少なくして、鷗外ゆかりのドイツ各地の写真を大きく載せるという体裁だった。

連載が始まったのは一九九六年二月のことだった。私が二度目のドイツ長期滞在をしたのがドイツ再統一から間もない一九九三年四月から九四年三月までだったので、帰国してから二年経つ頃の連載開始となった。ドイツ長期滞在の記憶がまだ鮮明な時期に連載を始められたことは、執筆する上でとても役に立った。

具体的な連載内容は、鷗外が滞在した四都市、ベルリン、ライプツィヒ、ドレスデン、ミュンヘンについて、『独逸日記』、『舞姫』、『文づかひ』、『うたかたの記』などからの引用文と舞台となる場所の写真を順次紹介するものである。写真も私が撮影したものである。

ドイツは、周知のように一八七一年のプロイセン宰相ビスマルク主導による統一までは、多くの国に分かれていた。それぞれは地域ではなく、ひとつの国（Land）であった。したがって、今でもドイツ（ドイツ連邦共和国）を構成する各州はLandという、つまり州はひとつの「国」でもあり、外交と防衛以外では各州の権限は強いのである。鷗外が統一後に留学した一八八四年頃のドイツの各地域は、今以上に独立した国としての輪郭を示していた。しかも、鷗外の留学した四都市は、それぞれがとりわけ個性の強い都市だった。プロイセンの首都でありドイツ帝国の首都ベルリン、芸術を愛する王たちで有名なバイエルンの首都ミュンヘン、プロイセンに対抗するザクセンの首都ドレスデンと、「小パリ」と呼ばれた大学と音楽の街ライプツィヒ、いずれもドイツでも個性の際立つ都市である。

そのように個性豊かな四都市で留学生活を送った若き鷗外は、まさしく人生の青春の旅を送っていたと言えるだろう。四都市は「青春」というドラマの舞台であると呼ぶことができる。四都市は、「青春」というドラマの四幕それぞれの舞台であり、鷗外は舞台に立つ若き俳優である。しかも、舞台である各都市の歴史や文化という舞台背景により、主役である鷗外の役柄は異なっていた。ミュンヘンではイタリア風の芸術の都という舞台背景により、鷗外には芸術家の風貌が認められ、ライプツィヒ、ドレスデンでは音楽、学術、王宮といった華麗な舞台背景により、鷗外には外交官や学者といった風貌があり、ドイツ帝国の大首都ベルリンでは官僚としての堅苦しい表情が強まる。

そもそも鷗外のドイツ留学は、軍医である官吏として明治国家に命じられたものであり、医学研究が目標であったが、内面では学問芸術好きの若者として西洋の学問芸術を「処女のごとき官能」で味わい尽くしたいという意欲を秘めていた。その意味で、鷗外の知性と感性、すなわち頭脳と五感を全的に満足させるために、これらドイツの四都市を経めぐる「青春の旅」が予定されていたのである。「青春のドイツ」の旅は若き鷗外の夢の実現であり、発見と解放の旅であった。ドイツにおける鷗外の足跡をたどることで、誰もが鷗外の青春の豊穣さに驚くことであろう。

著　者

目次

I　ベルリン——『舞姫』の舞台

p.6

p.9

p.12

p.15

p.18

p.21

p.24

p.27

II ライプツィヒ・ドレスデン

——『文づかひ』の舞台

p.32

p.35

p.38

p.42

p.45

p.48

p.51

p.54

p.57

III

ミュンヘン
——『うたかたの記』の舞台

p.60

p.63

p.66

p.69

p.76

p.79

p.82

p.85

p.88

p.91

本書は、雑誌『新薬と治療』（山之内製薬）に一九九六年二月号（通巻三九五号）から一九九九年十二月号（通巻四二一号）まで計二十七回にわたり「鷗外 ドイツ青春の旅」として連載した文章を単行本化したものである。本文中、引用文は岩波書店版『鷗外全集』に基づき、写真は著者撮影のものを使用した。また、雑誌連載から長い年月を経ているため、当時は不明でも現在では詳らかにされている事柄が存在するが、本書収録に際しては執筆当時の文章を尊重し、誤植等必要最小限の手入れにとどめた。巻末の「鷗外留学日録」は、弊社刊『鷗外研究年表』（苦木虎雄／二〇〇六年）中の該当する年表部分を参考にして編集部で再編集したものである。

（鷗出版編集部）

鷗外　わが青春のドイツ

BERLIN

I ベルリン——『舞姫』の舞台

舞姫。小なる人物の小なる生涯の小なる旅路の一里塚なるべし。

……………………『改訂水沫集』「序」より

舞姫

鷗外森林太郎著

石炭をば早や積み果てつ中等室の卓のほとりはいと閑かにて熾熱燈の光の晴れがましきもやくなし、今宵は夜毎にこゝに集ひ來る骨牌仲間も「ホテル」に宿りて舟に殘りしは余一人のみなれば

五年前の事なりしが平生の望み足りて洋行の公命を蒙ふりこのセイゴンの港まで來し頃は目にみるもの耳に聞くもの一として新しからぬはなく筆に任せて書き記したる紀行は日ごとに幾千言をやなしけん當時の新聞に載せられて世の人にもてはやされしかど今日になりて思へば穉なき志操、身の程しらぬ放言、さらぬも世の常の動植、または民俗などをさへ珍らしげに細敍したるを心ある人は奈何に見しやらんこたびは途に上りしとき日記ものせんとて買ひし册子もまだ白紙のまゝなるは獨逸に學びし間に一種の「ニル、アドミラリー」の氣象をや養成しけん、否、これは別に故あり

げに東に還る今の我は西に航せし昔の我ならず學問こそ猶ほ心に飽き足らぬところも多かれ浮世のうきふし

『舞姫』初出（『国民之友』1890年〈明治23〉第6巻第69号）

マリーエン教会

●……ベルリン

今この処を過ぎんとするとき、鎖したる寺門の扉に倚りて、声を呑みつゝ泣くひとりの少女あるを見たり。年は十六七なるべし。被りし巾を洩れたる髪の色は、薄きこがね色にて、着たる衣は垢つき汚れたりとも見えず。我足音に驚かされてかへりみたる面、余に詩人の筆なければこれを写すべくもあらず。この青く清らにて物問ひたげに愁を含める目の、半ば露を宿せる長き睫毛に掩はれたるは、何故に一顧したるのみにて、用心深き我心の底までは徹したるか。

彼は料らぬ深き歎きに遭ひて、前後を顧みる遑なく、こゝに立ちて泣くにや。わが臆病なる心は憐憫の情に打ち勝たれて、余は覚えず側に倚り、「何故に泣き玉ふか。ところに繋累なき外人は、却りて力を借し易きこともあらん。」といひ掛けたるが、我ながらわが大胆なるに呆れたり。

（『舞姫』）

マリーエン教会
（著者撮影）

『舞姫』（一八九〇年〈明治二十三〉一月『国民之友』附録に掲載）は、森鷗外が四年間にわたるドイツ留学から帰国後、最初に発表した小説である。主人公である太田豊太郎とヒロインのエリスが出会う教会の場面が、とりわけ印象的に描かれている。その舞台と考えられるマリーエン教会（写真）は、ベルリンのメインストリートであるウンターデンリンデン通りに近い中心部にあり、鷗外第二の下宿があったクロスター通りからフンボルト大学に向かう鷗外の散歩コースの途中にあった。

この教会には次のような伝説が残されている。神の威力によって人間の魂を堕落させられなくなった悪魔が憤激し、教会の塔に立っていたラッパ吹きの首をつかみ突き落とした。教会の中においてこそ人間は神の聖なる力に完全に守られているが、教会の門を一歩出れば、たちまち悪魔の力が支配する領域となっている。

エリスと豊太郎の出会いの場面が教会の前という設定になっているのも、エリスが、その魂は純粋無垢なものの、貧困という悪魔によって首をつかまれ、深淵につき落とされるという危機的な状況にあったことを象徴している。この時エリスは、父親の葬儀費用を工面することができずに途方にくれて佇《たたず》んでいた。神に助けを求めようにも教会の門は堅く閉ざされ中に入ることができなかった。悪魔が彼女の首に手をかけようとした、まさにその時、豊太郎がエリスに救いの手を差し延べたのだ。

ブランデンブルク門 ◉……ベルリン

（前略）何等の光彩ぞ、我目を射むとするは。何等の色沢ぞ、我心を迷はさぬとするは。菩提樹下と訳するときは、幽静なる境なるべく思はるれど、この大道髪の如きウンテル、デン、リンデンに来て両辺なる石だゝみの人道を行く隊々の士女を見よ。胸張り肩聳えたる士官の、まだ維廉一世の街に臨める窓に倚り玉ふ頃なりければ、様々の色に飾り成したる礼装をなしたる、妍き少女の巴里まねびの粧したる、彼も此も目を驚かさぬはなきに、車道の土瀝青の上を音もせで走るいろ〳〵の馬車、雲に聳ゆる楼閣の少しとぎれたる処には、晴れたる空に夕立の音を聞かせて漲り落つる噴井の水、遠く望めばブランデンブルク門を隔てゝ緑樹枝をさし交はしたる中より、半天に浮び出でたる凱旋塔の神女の像、この許多の景物目睫の間に聚まりたれば、始めてこゝに来しものの応接に遑なきも宜なり。（後略）

（『舞姫』）

ブランデンブルク門
（著者撮影）

9　ブランデンブルク門

ベルリンに到着した留学生、太田豊太郎の目をまずとらえたのは、ウンターデンリンデン通りの入口に聳えるブランデンブルク門の壮麗さだった。四頭立ての馬車を操る戦勝の女神を冠するブランデンブルク門（写真）は、一七八八年から四年の歳月をかけて完成された。高さは二六メートル、幅は六五・五メートルもある。

門の前の広場から一直線に、幅六〇メートルの広々としたウンターデンリンデン通りが一二〇〇メートルも続く。通りの名である菩提樹（リンデン）が植えられた道の両側には、ドイツ初代皇帝ヴィルヘルム一世の宮殿、行政庁の建物や、鷗外が通ったフンボルト大学、オペラ座など新興国家ドイツの勢いを示すような壮大な建物が並んでいる。

ここを行き来するのは、豊太郎のようなフンボルト大学の学生、役人、士官や貴顕の男女だった。パリ・シャンゼリゼ通りに匹敵する、とベルリン子が誇っていたように、娘たちはパリジェンヌの真似をした華やかな服装で身を飾っている。豊太郎は、新興国家ドイツの威勢に圧倒される。

家族や国家の期待を一身に背負い、学問上の成果を生むことに専心しようとした豊太郎は、しかし、やがて華やかな街ベルリンの裏通りへ足を踏み入れ、薄幸の少女と出会うことになる。

ベルリン森鷗外記念館

●……ベルリン

（明治二十年六月）十五日。居を衛生部の傍なる僧房街 Klosterstrasse に転ず。（中略）これに遷るには様々の故あり。公には衛生部に近きが故なりと云へど、是は必ずしも主たるにあらず。マリイ街の戸主ステルン Stern は寡婦なり。年四十許。其女姪トルウデル Trudel（Gertrud の略称）と同じく居る。並に浮薄比なく、饒舌にして遊行を好み、常に家裡に安居する程ならば、寧ろ死なんと云へり。されば余が許に来る書状物品等も、余の在校中は受け取り置く者なく、又来客あれども応ずるものなし。且十七歳のトルウデルの夜我室を訪ひ、臥床に踞して談話する杯、面白からず。二女は固より悪意あるにはあらず。又其謀る所は一目して看過すべし。然れども平生曾て都人士の教育あるものに接せしことなく、学問に従事する者を呼びて腐儒 Stockgelehrte となし、余を以て其魁首となせり。余はこれを厭ひて回避したるなり。（後略）（『独逸日記』）

鷗外が下宿していた建物（著者撮影）

この建物の一室——右下の標識真上の窓の部屋が、現在ベルリン森鷗外記念館となっている

『独逸日記』は、一八八四年（明治十七）十月十二日から書き始められ、一八八八年（明治二十一）五月十四日までの約三年半、数え年二十三歳から二十七歳という若き鷗外の留学時代の生の軌跡を伝える貴重な日記である。二等軍医として陸軍から派遣され、ライプツィヒ、ドレスデン、ミュンヘン、ベルリンの四都市に滞在して戦陣医学の研究と衛生制度の調査に従事した。

鷗外が下宿していた建物のほとんどが戦災に遭って現存していないが、旧東ドイツ・ベルリンのフリードリヒ通り駅近くにあるマリーエン通り三十二番地（現在はルイーゼン通り三十九番地の二階）の下宿だけは、奇跡的に戦火をまぬがれた。鷗外留学百年を記念して一九八四年十月には、鷗外の直筆資料などを展示するフンボルト大学日本学科付属のベルリン森鷗外記念館（写真）として開館し、日独文化交流の拠点となっている。

鷗外が下宿していたのは、一八八七年（明治二十年）四月十八日から六月十四日までの二カ月にも満たない短い期間である。鷗外が通う衛生部が遠いために転居したというのは表向きの理由で、本当は下宿の大家である寡婦の自由奔放な生活ぶりや、その姪が夜になると鷗外の室に話にくる態度に辟易して引っ越したためであったことが日記に明かされている。鷗外はライプツィヒやドレスデンやミュンヘンで出会ったドイツ女性たちとは異なった大都市ベルリンならではの束縛されない女性の生活に接したのだった。

コッホ研究所

◉……ベルリン

（前略）大学の業室に出て、ベツヘルグラスの中へ硝子棒の短いのを取り落す。これはしまつたと、長い硝子棒を二本、箸にして、液体の底に横はつてゐる短い棒を挟んで、旨く引き上げる。さうすると、通り掛かつた教授が立ち留まつて見てびつくりして、どうしてそんな軽技《かるわざ》が出来るのだと問ふ。飯を食ふとき汁の実をはさむのと同じ事だから、軽技でも何でもないと答へると、教授が面白がつて、業室中にゐる学生を呼び集めて、今の軽技をもう一遍遣つて、みんなに見せて遣れと云ひ付ける。為方《しかた》がないから、器《うつは》の儀は改めまして御覧に入れますとも何とも云はずに、同じ事を遣つて見せる。師弟一同野蛮人といふものは妙なものだと面白がる。僕は腹の中で、なる程箸なんぞも例の下駄や草履の端緒《はなを》と同じわけだなと思ふ。（後略）

（『大発見』）

コッホの業績を称える記念碑
（著者撮影）
記念碑の上に見えるレンガの傷は第二次大戦時の弾痕

ベルリンに到着した鷗外は、日本公使館に挨拶に出かけ、衛生学研究のために留学したことを告げた。日本式に丁重に挨拶をしたところ、日本公使からお辞儀の仕方を笑われ、「足の親指と二番目の指との間に縄を挾んで歩いてゐて、人の前で鼻糞をほじる国民に衛生も何もあるものか」と言われる。そこで、鷗外持ち前の負けじ魂が頭をもたげた。日本人が果たして「野蛮人」なのかどうか自分自身の目で確かめ考えようと決意する。このようなドイツ留学時代の鷗外の負けじ魂を示すエピソードを綴ったのが『大発見』（一九〇九年〈明治四十二〉六月『心の花』掲載）である。

研究室で実験中、試験管の中に短いガラス棒を落としてしまったことがあった。長いガラス棒を箸がわりに使って器用に取り出した鷗外に教授は驚く。「軽技だ」と感嘆され、研究室の仲間の前でもう一度、試験管に落ちた短いガラス棒を取り出して見せてドイツ人から喝采を浴びた。箸は、フォークやナイフ以前からあったものだと考えて溜飲を下げた。

鷗外はベルリンでは細菌学の権威であるロベルト・コッホのもとで水道中の病原菌の研究に従事した。コッホ研究所は現存し、鷗外の医学上の業績が残されている。研究所の入り口右側、コッホの業績を称える記念室の外壁に碑がはめ込まれている。この記念碑の弾痕（写真）は、第二次大戦の戦禍を今に伝えている。

フンボルト大学

●……ベルリン

かくて三年ばかりは夢の如くにたちしが、時来れば包みても包みがたきは人の好尚なるらむ、余は父の遺言を守り、母の教に従ひ、人の神童なりなど褒むるが嬉しさに怠らず学びし時より、官長の善き働き手を得たりと奨ますが喜ばしさにたゆみなく勤めし時まで、たゞ所動的、機械的の人物になりて自ら悟らざりしが、今二十五歳になりて、既に久しくこの自由なる大学の風に当りたればにや、心の中なにとなく妥ならず、奥深く潜みたりしまことの我は、やうやう表にあらはれて、きのふまでの我ならぬ我を攻むるに似たり。余は我身の今の世に雄飛すべき政治家になるにも宜しからず、また善く法典を諳じて獄を断ずる法律家になるにもふさはしからざるを悟りたりと思ひぬ。余は私に思ふやう、我母は余を活きたる辞書となさんとし、我官長は余を活きたる法律となさんとやしけん。辞書たらむは猶ほ堪ふべけれど、法律たらんは忍ぶべからず。（後略）

（『舞姫』）

世界の大学の規範とされたフンボルト大学（著者撮影）
荘厳な校舎は、もと宮殿だった面影を今も伝えている

宮殿を校舎にしたフンボルト大学（写真）は、オペラ座と向かい合う形で、ウンターデンリンデン通りにある。同大学は、プロイセン国王ヴィルヘルム三世の命により、言語学者のヴィルヘルム・フォン・フンボルトによって一八〇九年に設立され、初代学長には哲学者のフィヒテが就任した。政府の干渉を排して、「教育および研究の自由」をかかげ大学の自治を目指した。ここで教鞭を取った学者には、ヘーゲル、フォイエルバッハ、ヘルムホルツ、マックス・プランク、アインシュタインなどのほか、医学者としてはアルブレヒト・フォン・グレーフェ、ルドルフ・ヴィルヒョウ、フェルディナント・ザウアーブルッフなどそうそうたる面々がいる。

『舞姫』の主人公である豊太郎は、ベルリン到着当初、華やかな近代国家の偉観に圧倒されたが、留学生活も三年の月日が流れ、自由な大学の気風に接するうちに、これまでの受動的な生き方に対して疑念が生じてきた。心の奥底に隠されていた「まことの我」が目覚める。そうした彼の心を捉えたのが、歴史や文学の書物であった。

豊太郎の自我の目覚めは、またドイツ留学中の鷗外の体験でもあった。鷗外もコッホのもとで細菌学研究に従事する一方で、ハルトマンの無意識哲学をはじめとして哲学、歴史、文学といった人文科学に深く傾倒するようになる。それはフンボルト大学が医学だけではなく、人文科学にも秀でた総合大学だったことの反映である。

シャウシュピールハウス

●……ベルリン

自分《じぶん》がまだ二十代《にじふだい》で、全《まつた》く処女《しよぢよ》のやうな官能《くわんのう》を以て、外界《ぐわいかい》のあらゆる出来事《できごと》に反応《はんおう》して、内《うち》には嘗《かつ》て挫折《ざせつ》したことのない力《ちから》を蓄《たくは》へてゐた時《とき》の事《こと》であつた。自分《じぶん》は伯林《ベルリン》にゐた。列強《れつきやう》の均衡《きんかう》を破《やぶ》つて、独逸《ドイツ》といふ野蛮《やばん》な響《ひゞき》の詞《ことば》にどつしりした重《おも》みを持《も》たせたヰルヘルム第一世《だいいつせい》がまだ位《くらゐ》にをられた。今《いま》のヰルヘルム第二世《だいにせい》のやうに、dæmonisch《デモオニシュ》な威力《ゐりよく》を下《しも》に加《くは》へて、抑《おさ》へて行《ゆ》かれるのではなくて、自然《しぜん》の重《おも》みの下《もと》に社会民政党《しやくわいみんせいたう》は喘《あへ》ぎ悶《もだ》えてゐたのである。劇場《げきぢやう》ではErnst von Wildenbruch《エルンスト フオン ヰルデンブルツホ》が、あのHohenzollern《ホオヘンツオルレルン》家《け》の祖先《そせん》を主人公《しゆじんこう》にした脚本《きやくほん》を興行《こうぎやう》させて、学生仲間《がくせいなかま》の青年《せいねん》の心《こゝろ》を支《し》配《はい》してゐた。

昼《ひる》は講堂《かうだう》やLaboratorium《ラボラトリウム》で、生《い》き生《い》きした青年《せいねん》の間《あひだ》に立《た》ち交《まじ》つて働《はたら》く。何事《なにごと》にも不器用《ぶきよう》で、痴重《ちちよう》といふやうな処《ところ》のある欧羅巴人《ヨオロツパじん》を凌《しの》いで、軽捷《けいせふ》に立《た》ち働《はたら》いて得意《とくい》がるやうな心《こゝろ》も起《おこ》る。夜《よる》は芝居《しばゐ》を見《み》る。（後略）

（『妄想』）

劇場シャウシュピールハウス
（著者撮影）
鷗外は演劇通としても知られており、ベルリンではあちこちの劇場に足を運んだという。そのひとつがドイツの大建築家シンケルの傑作として名高い劇場シャウシュピールハウスである。映画「舞姫」のベルリンのシーンは、この劇場から始まる鷗外のベルリン時代を記した作品として忘れてならないのが、主人公の翁に仮託して青春をすごしたベルリン時代を回想する中編小説『妄想』（一九一一年〈明治四十四〉三月～四月『三田文学』掲載）である。『妄想』には、見るもの聞くものすべて目新しく、西洋の文化を積極的に吸収しようとしていた留学時代の若き鷗外の生活の様子が記されている。

鷗外は日本から船でマルセイユに渡り、パリ経由でベルリンに到着した。一泊だけのパリ滞在だったが、夜はオデオン座で劇を見ている。ベルリンでも、ヨーゼフ・カインツを始めとする名優たちがしのぎをけずっていたドイツ劇場やシャウシュピールハウス（写真）に研究の合間をぬって足繁く通っている。

当時ベルリンでは、プロイセン王の係累であるエルンスト・フォン・ヴィルデンブルッフ（一八四五～一九〇九）が書いた「クヴィッツォー家』などのホーエンツォルレン王家を題材にした連作が上演され、愛国的な戯曲を待望していた新興ドイツ帝国の若者たちの心をとらえていた。

鷗外がベルリンを去るのは一八八八年（明治二十一）七月五日である。自然主義演劇の代表作家ハウプトマンの『日の出前』がオットー・ブラーム率いる〈自由舞台《フライエビューネ》〉で初演されるのは、鷗外の帰国後の翌年、一八八九年（明治二十二）のことである。ベルリンで実際に鷗外が観劇したのはシラーの『ドン・カルロス』やシェイクスピアの「ハムレット』などの古典劇だった。

クロスター教会

●……ベルリン

人の見るが厭《いと》はしさに、早足に行く少女の跡に附きて、寺の筋向ひなる大戸を入れば、欠け損じたる石の梯あり。これを上ぼりて、四階目に腰を折りて潜るべき程の戸あり。少女は鏽びたる針金の先きを捩ぢ曲げたるに、手を掛けて強く引きしに、中には咳枯れたる老媼の声して、「誰ぞ」と問ふ。エリス帰りぬと答ふる間もなく、戸をあらゝかに引開けしは、半ば白みたる髪、悪しき相にはあらねど、貧苦の痕を額に印せし面の老媼にて、古き獣綿の衣を着、汚れたる上靴を穿きたり。エリスの余に会釈して入るを、かれは待ち兼ねし如く、戸を劇しくたて切りつ。

余は暫し茫然として立ちたりしが、ふと油燈の光に透して戸を見れば、エルンスト、ワイゲルトと漆もて書き、下に仕立物師と注したり。これすぎぬといふ少女が父の名なるべし。（後略）

（『舞姫』）

クロスター教会（著者撮影）
この教会の近くにシリング通りがあり、「舞姫」のモデルであるエリーゼの父親と思われる仕立物師が住んでいたことが著者の現地調査により判明している

『舞姫』のエリスのモデルである鷗外を追って来日した実在の女性は、船客名簿からエリーゼ・ヴィーゲルト（Eliese Wiegert）という名前であったことがわかっている。しかし、実際にどういう女性であったかは詳らかにはなっていない。

『舞姫』においてエリスの父親は仕立物師という設定になっている。私は、鷗外がベルリンを最初に訪れた一八八四年（明治十七）および留学生活を送った一八八七年（明治二十）から一八八八年（明治二十一）のベルリンの住所録を古文書館で実際に調査した。その結果、エリーゼの父親として可能性の高い人物として、紳士服専門の仕立物師でWiegertという人物が実在していたことを発見した。名前はフリードリヒ・ヴィーゲルトといい、Schillingstraße（シリング通り）三十七番地に住んでいた。シリング通りは鷗外の第二の下宿からほど近く、また『舞姫』にも関係の深いクロスター教会（写真）から近いことから、フリードリヒ・ヴィーゲルトがエリーゼの父である可能性が大きい。

鷗外の第二の下宿はクロスター通り九十七番地にあり、ベルリン滞在（約一年三カ月）の三分の二の期間にあたる一八八七年六月十五日から一九八八年三月三十一日まで滞在していた。研究所のある衛生部にも近く、鷗外は気に入っていた。ところが、一八八八年四月一日にグローセプレジデンテン通り十番地に転居するのである。帰国する直前の引っ越しは、おそらくエリーゼとの別離がからんでいたのではなかろうか。

ペルガモン博物館 ●……ベルリン

（明治二十年八月）二十七日。石氏と同居する所の仏国婦人某氏と倶にペルガモン総視画館Pergamon-Panoramaを観る。画堂は博覧会苑の裡に在り。ペルガモンはスミルナSmyrnaの北、小亜細亜の西岸に在り。昔フイレタイロスPhiletairosの都を建つる処なり。オイメネスEumenes第二世（195-159 a. Chr.）羅馬の民と力を併せて前小亜細亜を略するに至り、都城の規模漸く大に、其伝統者アツタロスAttalos第二世の時、風俗文物より百般の工芸に至るまで、其盛を極めたりと云ふ。比府久く埋没して世人の之を顧みる者なかりしに、千八百六十六年独逸人フウマンHumann彫石を発掘し、千八百七十八年発掘の大工事を起し、遂に全府の遺趾をして復た天日の光を被らしむることゝはなれり。（後略）

（『独逸日記』）

ペルガモン博物館（著者撮影）
紀元前一八〇〜一六〇年の古代ギリシャのペルガモン神殿や、紀元前六世紀の古代バビロニアのイシュタール門、凱旋道路などが再現されている巨大で壮麗な考古学博物館である

一八八八年（明治二十一）八月二十七日、日本の赤十字加盟のために来独した陸軍軍医石黒忠悳《ただのり》を案内して、鷗外は国立美術館やボーデ博物館などが集まる「博物館の島」にあるペルガモン博物館を訪れた。

ペルガモンは、小アジア西海岸の北部にあった古代都市である。トロイの遺跡を発掘したシュリーマンはよく知られているが、カール・フウマン（一八三六〜一八九六）もドイツを代表する考古学者で、ヘラ神殿跡を発掘して名を挙げ、その後ペルガモンの大祭壇を発見した。発掘には、一八七八年から一八八六年と、八年もの歳月が費やされた。ペルガモン博物館に遺跡が再現されたのは、鷗外がベルリンでの留学生活を開始する前年一八八六年のことである。紀元前二世紀にオイメネス二世によって建てられた祭壇の台座は、巨人族と神々の闘いを表す大理石の浮き彫りであり、長さは一二〇メートルにも及ぶ。神殿のほか、古代バビロニアの群青色のタイル張りの動物壁画の美しさはことに有名である（写真）。

ヘレニズム文化の中心であったペルガモンの再現は、新興ドイツ帝国が自らが古代ギリシャの文化的後継者であることを示す宣伝の場でもあった。ペルガモン博物館見学は、鷗外にヨーロッパ文明の源泉である古代ギリシャへの興味をかきたて、彼のヨーロッパ文明観を深める契機となった。

LEIPZIG

文づかひ。索遜国機動演習の記念なり。
うたかたの記はMuenchen《ミユンヘン》, 舞姫はBerlin《ベルリン》,
これはDresden《ドレスデン》を話説の地盤とす。
わが留学間やや長く淹留せしは此三都会なりき。

……『改訂水沫集』「序」より

II ライプツィヒ・ドレスデン

——『文づかひ』の舞台

DORESDEN

文づかひ

鷗外漁史

それがしの宮の催し玉ひし星が岡茶寮《ちやりやう》の獨《ど》逸會《いつくわい》に、洋行がへりの將校《しやうかう》次《つぎ》を逐《お》うて身の上話せられし時のことなりしが、こよひはおん身が物語聞くべき筈《はず》なり、殿下《でんか》も待かねておはすれば、と促されて、まだ大尉になりて程もあらじと見ゆる小林といふ少年士官、口に啣《くは》へし卷《まき》烟草《たばこ》取《と》りて火鉢《ひばち》の中へ灰振落し、仔細らしく身拂して語出でぬ。

わがザツクセン軍團《ぐんだん》につけられて、秋の演習《えんしふ》にゆきしをり、ラアゲヰツツ村の邊《ほとり》にて、術語《じゆつご》に定まりたる敵といふ

『文づかひ』初出

（『新著百種』1891年〈明治24〉第12号）

ライプツィヒ駅

◉……ライプツィヒ

（明治十七年十月）二十二日。午後二時三十分、汽車にて伯林を発す。ライプチヒに達せしは五時三十五分なりき。萩原三圭迎へて旅店Hôtel Stadt Romに至る。

二十三日。ホフマンの許にゆく。この人痩長にして意態沈重なり。午後府の東北隅タアル街Thalstrasseなるヲオル Frau Eduard Wohlといふ寡婦の家の一房を借る。日本の二階に當るところなり。独逸語にては平屋を第一層《ストツクエルク》と云ひ、二階を第二層と云ふ。餘はなぞらへて知るべし。されど此地にては、仏語を用ゐて、平屋を地上層《パルテル》と云ひ、二階を第一層《エタアジュ》と云ひ、三階を第二層といふ人多し。層愈高うして価愈賤し。我房には机あり、食卓あり。臥床をば壁に傍ひたる處に据ゑたり。被衾は羽毛を装満したるものにて、軟にして煖なり。又「ソファ」Sofaあり。倦むとき憩ふに宜し。

（『独逸日記』）

ライプツィヒ中央駅（著者撮影）
旅客駅としてはヨーロッパ最大規模。現在はベルリンからこの駅まで、急行で二時間三十分ほどで着く

鷗外がライプツィヒでの生活を開始したのは、ドイツ到着十日後の一八八四年（明治十七）十月二十二日である。ライプツィヒには一八八五年（明治十八）十月十日まで約一年間滞在し、フランツ・ホフマンの下で衛生学の研究に従事した。後に鷗外は『妄想』（一九一一年〈明治四十四〉三月～四月『三田文学』に掲載）の中で、留学時代を「全く処女のような官能を以て、外界のあらゆる出来事に反応して、内には嘗《かつ》て挫折したことのない力を蓄へていた」と記しているが、留学最初の地であるライプツィヒ時代がまさにそれに当てはまるだろう。

日本の二階が、フランス式の数え方では「第一層」になることや、日本になかったベッドやソファの使用方法を丹念に記している。鷗外の関心は日常生活の細部にまで向けられている。買い物に三角形の紙袋が使われていることを記しており、日記はドイツ人の生活や風俗を知る上で貴重な資料ともなっている。

ライプツィヒに到着した鷗外が先ず驚きの目を向けたのは、駅のにぎわいだった。現在も二十六本のホームを持つドイツ最大規模の駅（写真）である。ドイツ最初の長距離鉄道は、ライプツィヒとドレスデンを結び、一八三九年四月三日に開通した。鷗外留学当時は中央駅という形ではなかったが、市内に五つもの駅を持つ鉄道網の中心となっていた。ライプツィヒは交通の要衝として、また、岩波文庫のモデルともなったレクラム社など書籍の町として名高い商業の中心地、大学町として発達していった。

オペラ座

●……ライプツィヒ

（明治十七年十二月）十六日。始て雪ふる。旧劇部 altes Theater に往きて、喜劇 Raub der Sabinerinnen を観る。午後七時に始りて、十時に終りぬ。

明治十八年一月一日。こゝの習にては、この日の午前零時に元旦をいはふ。われは此時をば、水晶宮 Krystallpalast の舞踏席にて迎へぬ。おほよそ一堂に集へるもの、知るも知らぬも、「プロジツト、ノイヤアル」Prosit Neujahr! と呼び、手を握りあふことなり。

二十九日。木越を送りて停車場に至る。踏氷の戯（Schlittschuhfahren）を看る。此地白鳥池 Schwaneteich と白馬池 Schimmelteich とあり、皆その堅氷を結《(Sic)》ぶを候ひて、池畔に絃管を奏し、男女氷履を穿き、手を携へて氷面に遊戯す。

（『独逸日記』）

一九六〇年に建て直されたオペラ座の正面（著者撮影）
ライプツィヒは、ゲーテやバッハ、ワーグナーなど数々の芸術家を育てた町としても知られている。世界最古のオーケストラ、ゲヴァントハウス管弦楽団の根拠地でもあり、そのコンサートホールはオペラ座と向き合うように建っている

初めての冬のドイツ。「独逸日記」には、日本の大晦日とは異なり、零時になると見知らぬ人同士でも握手して新年を祝い合う舞踏会の様子が記されている。東京では穏やかな冬だが、ライプツィヒは東京よりもずっと北に位置する。それだけに厳しい冬を乗り越える楽しみも用意されていた。

一八八四年（明治十七）十一月には初雪が降った。ライプツィヒでの留学生活を開始してまだひと月もたたない十一月十六日に、鷗外は雪道をものともせず、劇を見にでかけた。鷗外が見た劇は、シェーンターン兄弟の喜劇「サビーニ女たちの略奪」である。この劇は一八八〇年代のハンブルク近くの小都市を舞台としている。ギムナジウムの教師が、学生時代に書いたローマ悲劇を妻の留守中に上演しようとするが、妻が予定より早く帰宅したために起こる騒動を風刺的に描いたものである。大ヒットし、その後オペラ化や映画化もされ、現在も上演されている人気のある劇である。

ライプツィヒには旧劇場の他に、オペラ座（新劇場）もあった。オペラ座（写真）の駅側には白鳥池があり、冬には氷が張り、スケート場になっていた。日本とは違い、男子にまじって活発にスケートをする女性たちの姿に鷗外は驚いた。仲良く手を携えてスケートを楽しむ男女の姿を書きとめている。

観劇やスケートなど、厳しく長い冬の日を工夫して楽しみに変える市民の姿が日記に活写されている。

旧支庁舎界隈

◉……ライプツィヒ

フロッシュ

宜しい。僕が所望して好いなら、ラインの葡萄酒にしよう。
なんでも本国産が一番の御馳走だ。

メフィストフエレス

（フロッシュの坐せる辺の卓の縁に、錐にて穴を揉みつゝ。）
少し蠟を取り寄せて下さい。すぐに栓をしなくちやあ。

アルトマイエル

はゝあ。手品だね。

メフィストフエレス（ブランデルに。）

そこであなたは。

ブランデル

アウエルバッハ・ケラーの入口にあるファウストとメフィストの像（著者撮影）
旧市庁舎の向かいにあるメトラーパッサージュという古いアーケード街の地下にあるワイン酒場アウエルバッハ・ケラーには、伝説を題材にした絵画などが飾られている。ゲーテが若い頃好んで通った酒場として知られており、彼の劇「ファウスト」にも登場する

僕はシャンパンにしよう。
好く泡の立つ奴でなくては行けない。
(メフィストフエレス錐を揉む。一人蠟の栓を作りて塞ぐ。)
どうも外国産の物を絶対に避けるわけには行かんて。
好い物が遠国に出来ることがあるからなあ。
本当のドイツ《deutsch》人はフランス《France》人は好かないが、
フランスの酒なら喜んで飲むね。

(『ファウスト』第一部　窖《あなぐら》)

ライプツィヒは学生の町として名高く、若き日のゲーテもライプツィヒ大学に学び、青春を謳歌した。旧市庁舎のあるマルクトには、市がたち、新鮮な野菜や花が売られ、広場を囲むようにレストランやワイン酒場が集まっている。

クリスマスにはワインを売る店やクリスマスの飾りを売る露店が所せましと並ぶ。

ドイツは、ライン、モーゼル、フランケン、バーデンなどのワインが有名で、フランスの赤に対し、白ワインが上質で特に甘いワインが好まれる。

ゲーテは、広場近くにあるアウエルバッハの地下酒場（写真）に夜になると出掛け、ファウスト博士の伝説を知って、『ファウスト』の着想を得た。「窖《あなぐら》」の場面は、ワインを片手に談論風発したゲーテ自身の体験が重ねあわされている。

鷗外もこのアウエルバッハの地下酒場を訪れ、後に東大哲学科教授になる井上哲次郎とワインを傾け、『ファウスト』を漢詩体で訳す抱負を語った。

鷗外が実際に『ファウスト』を訳し終えたのは一九一一年（明治四十四）十月三日の事である。一九一三年（大正二）一月十五日には第一部が、三月二十二日には第二部が冨山房から刊行された。早速、近代劇協会によって上演され、当時の青年たちの心を魅了した。

デーベン城 ●……ムルデ河畔

食卓に就きてみれば、五人の姫達みなおもひ〳〵の粧したる、その美しさいづれはあらぬに、上の一人の上衣も裳も黒きを着たるさま、めづらしと見れば、これなんさきに白き馬に騎りたりし人なりける。外の姫たちは日本人めづらしく、伯爵夫人のわが軍服褒めたまふ言葉の尾につきて、「黒き地に黒き紐つきたれば、ブラウンシユワイヒの士官に似たり、」と一人いへば、桃色の顔したる末の姫、「さにてもなし、」とまだいわけなくもいやしむいろえ包までいふに、皆をかしさに堪へねば、あかめし顔を汁盛りし皿の上に低れぬれど、黒き衣の姫は睫だに動さゞりき。暫しありて稚き姫、さきの罪贖はむとやおもひけむ、「されどかの君の軍服は上も下もくろければイヽダや好みたまはむ、」といふを聞きて、黒き衣の姫振向きて睨みぬ。

（『文づかひ』）

鷗外が泊まったデーベン城の建物（著者撮影）
デーベン城があったのは、ザクセン地方に静かに流れるムルデ河畔である。ほとんどの建物は戦火をあびて破壊されてしまったが、馬小屋など一部の建物が残っている。鷗外がここで出会った城主一家、とくに上の娘のイイダ姫を中心に描いたのが『文づかひ』である

鷗外のドイツ三部作のうち『文づかひ』（一八九一年〈明治二十四〉一月『新著百種』に掲載）は、ライプツィヒ郊外を舞台にしている。ザクセン軍医監ヴィルヘルム・ロートに誘われ、一八八五年（明治十八）八月二十七日から九月十二日まで、ライプツィヒ郊外での秋季演習に参加した。その体験が作品の下敷きになっている。演習の宿舎のひとつになったのが、グリンマに近いムルデ河畔に建つデーベン城（写真）だった。

デーベン城主の貴族フォン・ベーロウ氏には六人の姫君がいた。中でも演習を見に白馬にまたがるイイダ姫の颯爽とした姿、そして「眉頭常に愁いを帯」びた姿は、鷗外の心に深く刻まれることになる。

『文づかひ』では姫君は五人、日本人士官の名は小林と変えてあるが、ヒロインの名前には、実在したイイダ姫の名が使われている。

華やかな装いを凝らしている姉妹たちとは対照的に、イイダ姫はいつも黒い服を身にまとい、憂いを秘めた女性として描かれている。黒は、他の色に染まらない潔癖さと同時に意志の強さを示す。イイダは婚約者との結婚をきらい、デーベン城に宿泊した同じ黒い軍服を着ている小林士官に文使いを頼む。

東西ドイツ統一後、デーベン城にはベーロウ家の子孫一家が戻ってきた。日独交流の拠点にすべく、現在破壊されたデーベン城の修復に取り組んでいる。

マッヘルンの騎士の館

●……ザクセン地方

「許し玉へ、少佐の君。われにはまだ結髪の妻といふものなし。」「さなりや。我言をあしう思ひとり玉ふな。イイダの君を、われ一個人にとりては斯くおもひぬ。」かく二人の物語する間に、道はデウベン城の前にいでぬ。園をかこめる低き鉄柵をみぎひだりに結ひし真砂路一線に長く、その果つるところに旧りたる石門あり。入りて見れば、しろ木槿の花咲きみだれたる奥に、白堊塗りたる瓦葺の高どのあり。その南のかたに高き石の塔あるは埃及の尖塔にならひて造れりと覚ゆ。けふの泊のことを知りて出迎へし「リフレエ」着たる下部に引かれて、白石の階のぼりゆくとき、園の木立ちを洩るゆふ日朱の如く赤く、階の両側に蹲りたる人首獅身の「スフインクス」を照したり。わがはじめて入る独逸貴族の城のさまいかならむ。さきに遠く望みし馬上の美人はいかなる人にか。これも皆解きあへぬ謎なるべし。

（『文づかひ』）

マッヘルンの騎士の館（シュ**ネットガーの城居**）**の庭園にあるピラミッド**（著者撮影）
庭にピラミッドをつくることが当時の貴族の間で流行していたという。鷗外は、軍事演習でザクセン地方を訪れた際に宿泊したシュネットガー城でそのピラミッドを見ており、「独逸日記」に「埃及尖塔の摹型あり。又一塔あり。甚だ高し」（明治十八年八月二十七日）と記している

『文づかひ』には、謎解《と》きのおもしろさがある。ザクセン軍団の演習の時に小林士官が見染めた馬上の美女は、大隊長メイルハイムの婚約者、イイダ姫であった。そのことは、後の晩餐の席に現れた姫たちとの顔あわせでわかるのだが、イイダ姫は最初は謎の美女として小林の前に登場する。デーベン城の描写も謎めいた雰囲気がただよっている。初めてドイツ貴族の館に足を入れる小林の心の高ぶり。スフィンクスが階段の両側に据えられた謎の城に迷い込んだ小林の不安と期待が入りまじった心の揺れが、読者にも伝わってくる描写である。庭園には、当時の貴族のロマン的趣味の現れであったエジプトのピラミッドを摸した石の塔なども配されている。こうした道具立てが『文づかひ』では効果をあげているが、実際のデーベン城には、ピラミッドはない。この庭園は、鷗外が演習の時に宿泊したもう一つの城、マッヘルンの騎士の館（パウル・シュネットガー城）の庭園である。すなわち、鷗外は『文づかひ』を書くにあたって、実在のふたつの館での見聞を生かし、作品にロマン的な様相を与えていたのである。

マッヘルンの騎士の館は現在は資料館になっている。広い庭園の中にある池にそった散策路の奥には、鷗外が見たピラミッド（写真）が残っている。幾分こわれかけたその姿が、より往事の栄華を物語っているようである。

ドレスデン王宮

●……ドレスデン

王都の中央にてエルベ河を横ぎる鉄橋の上より望めば、シユロス、ガツセに跨りたる王宮の窓、こよひは殊更にひかりかがやきたり。われも数には漏れで、けふの舞踏会にまねかれたれば、アウグスツスの広こうぢに余りて列をなしたる馬車の間をくゞり、いま玄関に横づけにせし一輌より出でたる貴婦人、毛革の肩掛を随身にわたして車箱の裡へかくさせ、美しくゆひ上げたるこがね色の髪と、まばゆきまで白き領とを露して、車の扉開きし剣佩びたる殿守をかへりみもせで入りし跡にて、その乗りたりし車はまだ動かず、次に待ちたる車もまだ寄せぬ間をはかり、槍取りて左右にならびたる熊毛鍪の近衛卒の前を過ぎ、赤き氈を一筋に敷きたる大理石の階をのぼりぬ。

（『文づかひ』）

鷗外の下宿跡からみたドレスデン旧市街（著者撮影）

ドレスデンの鷗外の下宿は、バロック様式の宮殿が建ちならぶ旧市街と新市街を結ぶアウグスツス橋の畔にあり、対岸のレジデンツ宮殿を間近に仰ぎ見る位置にあった。異邦人鷗外は、無数の照明がきらめく光の都市ドレスデンの華やかさに目を奪われた。その視覚体験は『文づかひ』に息づいている

鷗外のドイツ留学第三の都市であるザクセン州都、ドレスデンは、ゲーテがエルベ川のフィレンツェと称えたように、美しい芸術の都である。

ここで鷗外がこれまで体験したことのない王宮のきらびやかな世界に足を踏み入れることになる。日本からの賓客として鷗外は、王宮の新年の祝いにも出席し、舞踏会にも招かれる。

ドレスデンの王宮では、手燭から瓦斯燈に切り替えが行われ、その明るさは倍増した。しかし、王宮の広間には、従来のシャンデリアの蠟燭が受け継がれた。

大理石に赤絨毯を敷きつめた階段を上り、数多の華麗な部屋を通り抜けて、通された広間には数千万の蠟燭がきらめく。瓦斯燈の明るさになれた外からの客人の目にはまるで光の海に紛れ込んだような錯覚を覚えた。

「文づかひ』に登場する「美しくゆひ上げたこがね色の髪と、まばゆきまで白き領」の貴婦人は、あたかも光の精のようだ。

装いを凝らし宮廷に集う女性たち、そして光輝く王宮の絢爛たる描写が、『文づかひ』ではとりわけ精彩を放っている。

それは、鷗外自身が実際に王宮での新年の祝いや、六百人もの客人が集う華やかな大舞踏会に出席した際に受けた高揚した気分を伝えているからだ。

ゼンパーギャラリー ●……ドレスデン

（明治十八年五月）十三日。陰、午前七時軍服を着し、ウユルツレルと倶に馬車を倩ひて練兵場に至る。負傷者運搬演習を観んとてなり。演習中少く雨る。午前十一時三十分式畢る。塑像館及画廊を観る。徳停の画廊は世界の名画を収む。就中ラフアエルロ Rafaello の童貞女は余の久く夢寐する所なりしが、今に到りて素望を遂ぐることを得たり。客館に昼餐す。午后五時正服を着し、軍医会に赴く。会場はブリユウル磴 Bruehl'sche Terrasse なる「ベル ヱデエル」Belvédère 亭なり。亭は易北河の南岸に築ける旧砦なり。王国衛生団の軍医悉く集る。（中略）ロオト氏演説す。中に今日の宴、別に遥に東方より来れる客を見る喜あり。

（『独逸日記』）

ゼンパーギャラリーのあるツヴィンガー宮殿（著者撮影）
宮殿内のゼンパーギャラリー（古典巨匠絵画館）には一五〜一九世紀のヨーロッパ名画が集められている。鷗外も感激したというラファエロのマドンナのほか、レンブラント、デューラー、ブリューゲルなどの絵画が充実しており、今なお多くの人々が訪れる。ドレスデンが世界に誇る美術館である

ドレスデンの美術館は世界でも有数の美術館で、多くの作家や詩人がその魅力を語っている。中でも、ライプツィヒで大学生活を送ったゲーテは、『詩と真実』で一七六八年に初めてドレスデンの美術館を訪れた折の興奮を「待ちに待った画廊の開かれる時が来た」と記している。同じくライプツィヒ大学で留学生活を開始した鷗外も、ドレスデンを訪れて、まず足を向けたのが美術館だった。

鷗外がドレスデンに来たのは、ザクセン軍の負傷者運搬演習を見学するためだったが、午前中に演習が終わるとすぐに画廊を訪れた。夢にまで見たマドンナを見ることができた鷗外の感激が、日記から伝わってくる。

ラファエロのマドンナは、現在も門外不出で、ドレスデンに来なければ見ることができない。この絵は、ツヴィンガー宮殿（写真）のゼンパーギャラリーの特別室に掲げられている。

ツヴィンガー宮殿は、エルベ川の南岸の旧市街の中心にある。岸辺には、眺めのいいブリュールテラッセもある。夜はベルベデーレというレストランでザクセン軍医監のロートに歓待され、ドレスデンで研究することを薦められる。このように一八八五年（明治十八）五月十三日は、後のドレスデン滞在に繋がる記念すべき日だ。

ゼンパーオーパー ●……ドレスデン

（明治十八年十月）十一日。午後六時十五分汽車に上りて来責府を発す。是より先きホフマン師に別れんとて其家を訪ひしが、旅中にて遇はず。一等軍医ウユルツレルにも面り別を告ぐることを得ず。フオオゲル氏の家にては皆愁を帯びて別を惜みたり。（中略）八時二十分徳停府に達す。四季客館Hôtel zu den vier Jahreszeitenに投ず。館の主人は猶ほ余が面を記憶せり。此日日曜日なるを以て館の食堂来客多し。

十二日。天気晴朗。午前十時軍医監ロオトを訪ふ。兵部省、参謀本部等の到着簿に記名す。十二時衛戍病院にて開会式あり。講習会の諸教官及之に与る諸軍医と相見る。此日客館の窓より街上の敷石を補繕するを見る。鉄鎚もて石を打ちこむさま甚奇なり。夜始て古市Altstadtなる宮廷戯園Hoftheaterに至る。女優ウルリヒUlrichといふ者アドリヤンヌAdrienneに扮す。

（『独逸日記』）

劇場広場からの眺め
(著者撮影)
ゼンパーオーパー(正面の建物)やドレスデン王宮(右手の建物)など歴史的建造物に囲まれ、ドレスデン観光の中心となっているのが劇場広場である。広場の街燈がともり、ライトアップによって光に包まれた夜のゼンパーオーパーの眺めは幻想的でさえある

北のフィレンツェと呼ばれるドレスデンは、エルベ河のほとりに華麗なバロック建築が立ち並ぶ芸術の都である。ツヴィンガー宮殿をはじめバロック美術の粋を集める歴史的建造物がその美を競い合うように並んでいる。

劇場広場を囲むように、北側にゼンパーオーパー、東にザクセン侯の宮殿、そのすぐ北隣に大聖堂、ツヴィンガー宮殿のお堀をはさんで西側に大劇場が立っている。その華麗な建物群（写真）に、若き鷗外は、息を飲んだことだろう。

数多くの作家がこの都を訪れ、その魅力にひかれ滞在している。シラー、クライストが代表作を書き、ホフマンが活躍したのがドレスデンである。

また、バッハの時代は音楽の一大中心地となった。その音楽の伝統が今も息づいている。ドレスデンの宮廷劇場であるゼンパーオーパーは、ワーグナーの『リエンツィ』が開幕を飾った劇場である。ゼンパーオーパーの初代指揮者はシュルツで、以後、ウェーバー、ワーグナーと全盛期を築いていく。

鷗外は親しい友となるドイツ人の軍医と出会い、一緒に劇場や舞踏会に出かけ、酒店でビールを飲み、談論に花を咲かせた。ドレスデンでは、交流範囲は、王侯貴族、軍人といったように広がり、大学町ライプツィヒとは違った階層のドイツ人の生活を垣間見ることになる。

下宿跡 ●……ドレスデン

（明治十八年十月）十一日。午後六時十五分汽車に上りて来責府を発す。（中略）ルチウス氏は別に臨みて余が小照を求む。発車場に来れる人々は萩原三圭、佐方潜造、蘇格蘭人フエヤヱザア及墨人トオマスなり。

十三日。講習始まる。教授ネエルゼンNeelsen剖観法を教ふ。ネエルゼンは準低く顒出づ。容揚らず。画廊及伊太利画歴代画展覧会に至る。後者は皆写真図なり。午後四時僦屋に遷る。即ち尼院大街十二号Grosse Klostergasse 12, II Etageにして、未亡人バルトネル氏Frau Dr. Baltnerの所有なり。家は易北河の南岸アウグスツス橋Augustusbrueckeの畔に在り。濶き居室と小臥房とあり、居室には銅板フアウスト、マルガレエタの図を掲ぐ。此家は来責の僑居に優る。

（『独逸日記』）

ドレスデンでの鷗外の下宿跡にあるティル・オイレンシュピーゲルの像（著者撮影）
センパーオーパーやドレスデン王宮など歴史的建造物がたちならぶ旧市街からエルベ河にかかるアウグスツス橋を渡ったところに、鷗外は下宿していた。現在その跡には、ティル・オイゲンシュピーゲルの像がある

若き鷗外の留学時代に忘れられない思い出を作る女性のひとりが、ライプツィヒ時代に知り合った黒衣の女性ルチウスである。ルチウスとはラテン語の名前であり、「光」を意味する。その明るい名前とは対照的に常に黒い衣をまとう女性だった。ライプツィヒでの約一年間の研究生活を終え、次の留学地ドレスデンに向かう際、別れの記念としてルチウスに肖像写真を求められたことが『独逸日記』に書き留められている。

ドイツ三部作のひとつである『文づかひ』のヒロインであるイイダ姫は、白馬にまたがる黒衣の女性として登場する。馬の白さと姫の衣の黒の対照が鮮やかに描きだされているが、そこには黒衣の女性ルチウスの姿も重ねあわされていると考えることができるだろう。

次に留学生活を送るドレスデンの下宿部屋にはファウストとグレートヒェン（マルガレーテ）の絵が飾られ、ライプツィヒ以上に快適であることが一八八五年（明治十八）十月十三日の日記に記されている。ドレスデンの留学時代の住所録を調査し、鷗外の下宿跡（写真）をつきとめることができ、下宿の女主人の名前がエリーゼ・バルトネルであることもわかった。『舞姫』のヒロインであるエリスは、エリーゼの愛称である。『舞姫』の謎をとく鍵は、実はドレステンに隠されている。

アルベルト王との対面

●……ドレスデン

明治十九年一月一日。（前略）午後二時新正を賀せんが為めに王宮に赴く。其儀は我邦と殊なること莫し。唯ゞアルベルトAlbert王の終始直立して礼を受け、礼を行ふ者王の面前二歩の処に進むを異なりとする。又感ず可き者は黄絨に緑白の縁を取りたる「リフレエ」衣Livréeを着し、濃紫袴を穿きたる宮僮Lakaiなり。（中略）先づ紅布を敷きたる石階を陞る。階と廊とは瓦斯燈もて照せり。許多の華麗なる室を過ぐ。一室あり。日本支那の陶器を陳ねて四壁を飾る。総て室内は数千万の蠟燭もて照せり。一来賓の賞牌勲章は其光を反射して人目を眩し、五彩爛然たる号衣Uniformenは宮女の白衣と相映ず。宮女は胸背の上部を露し、裾の地を払ふこと孔雀尾の如し。既にして宮僮杖を取りて床を撞くこと丁々声あり。賓客室の左右に分れ、威儀を正しくして待つ。白髪Perrueckeを戴ける宮隷を捧手とし、アルベルトAlbert王は妃を携へて出づ。王は白頭にして妃は暗髪なり。（後略）

（『独逸日記』）

アウグスト強王像（著者撮影）
ザクセン選帝侯でポーランド国王でもあったアウグスト一世は、ザクセンの都・ドレスデンに贅のかぎりをつくした宮殿や教会を築いた。日本や中国の陶器収集家としても知られ、ツヴィンガー宮殿の陶磁器収集室に展示されている

ザクセンの都・ドレスデンの基盤を作ったのは、硬貨を指先でまげることができたと言われるアウグスト一世（通称アウグスト強王　在位一六九四～一七三三）である（写真）。一八八九年（明治二十二）には、ザクセン統治八百年祭が行われるように、長きにわたり繁栄を続けた王宮都市である。

鷗外は一八八六年（明治十九）の元日にさっそく新年の挨拶で王宮に出向いている。若き日の鷗外は、好奇心のかたまりである。日本との違いは何かと、アルベルト王の挨拶の仕方から宮人の衣装まで子細に観察している。王宮は数千万本の蠟燭が来賓の人々の勲章や宮女の白服を美しく照らし出し、弦いばかりの華麗さだった。燭台にはマイセン陶器も使われている。ドレスデン陶器の別名を持つマイセン陶器は芸術性が高く、日本の伊万里焼の影響を受けている。現在は、ツヴィンガー宮殿の陶磁器収集室でその名品の数々が見られる。

国王は、美術品の収集に力を入れ、特に日本と中国の陶器収集に力を入れていた。鷗外の目をひいたのは、王宮の中に日本と中国の陶器だけを飾った部屋「陶器の間」があったことである。この新年の王宮見聞は、ドレスデンの王宮を舞台とした『文づかひ』の中で、イイダ姫が日本人士官の小林に、文使いを頼んだ経緯をうちあける部屋として生かされている。

もう一人のエリス

●……ドレスデン

（明治十八年十月）二十五日。ヰルケWilkeとロオトの家に午餐す。ヰルケは三等軍医にて衛生司令部Sanitaets-Directionに奉職す。美貌の才子なり仏蘭西、西斑牙二国の語に通ず。近ろまた英語を学べり。性毫も辺幅を修めず。余甚だ之を愛す。ロオトの家を辞し、帰途大学麦酒廠Academische Bierhalleに飲む。代言人ヰルケWilkeと相識る。軍医ヰルケの友なり。肥胖にして朴直。大に我邦の代言先生と同じからず。余ヰルケの名の出づる所を問ふ。代言ヰルケの云く。「ヲルフ」Wolf（狼）の義なり。相見て大笑す。

（十一月）二十三日。夜両ヰルケと麦酒廠Bierhalleに至る。この旗亭の婢ベルタBerthaは法律家ヰルケの情婦なり。其性頗る貞静にして、此社会の人に似ず。ヰルケ嘗て為めに屋を賃し、月毎に数金を送らんと約す。婢の曰く。君の好意は謝するに堪へたり。（中略）然らずして君の家に住み君の食を食ひ徒に君の愛を受けば、是れ其業の賤き旗亭の婢に百倍せん。敢て辞すと。

（『独逸日記』）

レストランのテラスで憩う人々（著者撮影）
ザクセン地方は、こくのあるビールの産地だという。そんなお国柄か、ビールが楽しめる市民の憩いの場となっているレストランが数多くある。写真は、鷗外の下宿していた場所のほど近くにある「キューゲルゲンハウス」

ドレスデン時代に鷗外が最も親しくなるのは、軍医監ロオトのところで知り合う三等軍医ヰルケだ。彼は語学が堪能で、フランス語やスペイン語はもちろんのこと、英語も学んでいた。ロオトとともに鷗外から日本語も学んでいる。飾らない率直な性格であったことが、鷗外が彼と親しくなった理由だった。彼の友人の弁護士も同名のヰルケであり、名前の由来を尋ねると、語源が「狼」であることがわかり、顔を見合わせて大笑いをした様子が、一八八五年（明治十八）十月二十五日の日記に楽しくつづられている。

この楽しい出会い以後、弁護士のヰルケとも親しくなり、彼の恋人ベルタと知り合った。ベルタが働いていたビアホールは、王宮のあるシュロス・シュトラーセ近くにあった。旧市街の王宮の付近をはじめとし、ドレスデンには、感じのいいレストランやビアホールが多かった（写真）。

ベルタは家を借り手当てを渡そうとするヰルケの申し出に対し、正式な結婚をしないでそのようなことになれば、「其業の賤き旗亭の婢に百倍せん」と述べる気概のある女性だった。ベルタの「貞静な」人柄と真摯《しんし》な生き方に心打たれた鷗外の感動が、日記の行間からにじみでている。その後ベルタは、酒場の給仕女から脱し、学校に入り勉強を始めることになる。ベルタはまさに「闇の中の聖女」、貧困の中にあっても、魂の尊厳を失わず向上心を持ち続けた、もう一人のエリスである。

女性解放運動家ルイーゼとの出会い

◉……ライプツィヒ

（明治十八年九月）二十八日。秋冷膚を侵し、細雨霏々たり。午後三時独逸婦人会 Allgemeiner Deutscher Frauenverein 第十三総集に赴く。此会は千八百六十五年に創立せられたり。発起者をオツトオ、ペエテルス氏 Frau Louise Otto-Peters と名づく。フオオゲル氏の族なり。第十三総集は来責府クラアメル街 Kramerstrasse 第四号にて開く。時は九月二十七日より二十九日に至るといふ。然れども男子の傍聴は、此日と其翌午後とのみ許可す。会する者数百人。男子は僅に十人許なりき。演説婦人中カツセル Cassel 府の人カルム氏 Fraeulein Marie Calm の言最も衆を動かしたり。此会の志す所は主として救恤、看護に在りといふ。午後六時閉会。十時拝焉停車場 Bayerischer Bahnhof に赴く。フオオゲル氏のプラウエン Plauen より帰るを迎ふるなり。

（『独逸日記』）

ルイーゼ・オットー＝ペータースの記念碑（著者撮影）
ライプツィヒ市街の北東に広がるローゼンタールの一角にある児童公園に、ドイツ初の女性解放運動家ルイーゼを讃えた記念碑がある

ドイツ留学時代において鷗外に影響を与えた女性として忘れてならないのが、ライプツィヒで出会ったルイーゼ・オットー＝ペータースである。鷗外は大学衛生研究所近くにあったフォーゲル未亡人の下宿に昼夜の食事に通っていたが、その親戚が偶然にもドイツ最初の女性解放運動家であるルイーゼ・オットー＝ペータースだった。その縁で鷗外は、ルイーゼが主宰する「独逸婦人会」総集会に出席することになる。

「独逸婦人会」は一八六五年に結成されたドイツで最初の女性団体である。発起人としてルイーゼは、一八九五年三月十三日、八十四歳で亡くなる直前まで会の議長を勤め、生涯を通して女性解放のために尽くした。現在、ライプツィヒ駅近くのローゼンタール（薔薇の谷）公園の一角に、女性解放運動の先駆者としての業績をたたえ、ルイーゼの横顔のレリーフを刻んだ記念碑を見ることができる（写真）。

「独逸婦人会」総集会の出席者は数百名、そのうち男性はわずかに十名位であったが、鷗外は男子の聴講が許された翌日も集会に参加し、地位向上に向けて真摯に討論する女性たちの姿に感銘を受けた。帰国後に鷗外が『青鞜』を始めとする女性たちの運動を積極的に支援していく背景には、このような若き日の出会いがあったのだ。

ゴオリスでの送別の宴 ◉……ライプツィヒ

（明治十八年六月）二十七日。夜ゴオリスなるブリユツヘル苑Bluecher-Gartenに至る。大学の助手両シユミツトArnold Schmidt, Heinrich Schmidt及ハイドレンHeidlenの来責を去るを送る筵なり。諸生輩狂詩を作り、印刷して来会の人々に頒ち、同音に之を歌はしむ。

Denn Dr Schmidt ergriff es,
Das Scepter der Percussion;
Er schwang es kuehnen Muthes
Und lehrte uns den Ton.

と云ひ、また

Ich mein' Dr. Heidlen, den wackren
Den Alles so ehrt und so liebt,

ゴオリス小宮殿（著者撮影）
ライプツィヒの北東にあるゴオリス小宮殿は後期ゴシック建築の城で、一九九〇年代半ばに大幅に補修され観光名所となっている。今日では室内楽や文化的催物の目的に使用されている

Die Waerterin und die Patienten
Und was es noch sonst etwa gibt.

と云ふが如し。蓋シユミツトSchmidtは診断学を教授したるを以て、其事を演べ、ハイドレンHeidlenは美男子なるを以て、此語を為して之に戯るゝなり。吟歌の間は楽を奏す。軍楽隊を雇へるなり。諸生輩麦酒を喫す。其量驚く可し。（後略）（『独逸日記』）

ドイツ留学も八カ月が過ぎ、ドイツ人の医学仲間との交流も深まっていった。中でも興味深いのが、一八八五（明治十八）年六月二十七日のゴオリスの記述である。ゴオリス小宮殿のブリュッヘル庭園を訪れる道筋にシラーの家があり、通りからはその壁にある記念碑を見ることができる。シラーはここでベートーベンの第九交響曲で有名な「歓喜に寄す」を書いた。さらにシラーについて言えば、鷗外はドレスデン郊外のロシュヴュッツにあるシラーの旧居を訪れてもいる。

この日のゴオリス訪問は、ライプツィヒ大学を去る医学部助手のアーノルト・シュミット、ハインリッヒ・シュミット送別の宴を行うためだった。即興の洒落詩《うた》を事前に印刷し、参会者一同吟詠に興じた。筑摩文庫の「鷗外全集」の注釈によれば、引用したドイツ語の詩は、「なぜならシュミット学士はそれを握った／打診の杖を／彼はそれを思い切り振った／そして我らに音調を教えた。／余はハイドレン学士を想う／かの健気なる君を／万人彼を敬し、彼を愛す／看護婦も患者も／その他ありとしあるもの／君を敬し君を愛す」と訳されている（訳文の一部を変更した）。

青春の初夏の宵は楽しげだ。軍楽隊まで雇い、ビールの祝杯は勢いづく。一杯の量は半リットル、この日の酒量は平均二十五杯、約一二リットル半。さすがビールの国ドイツである。鷗外の三杯が最も少なく、皆にからかわれた。

『文づかひ』挿絵（原田直次郎作）
（『新著百種』1891年〈明治24〉第12号）

MÜNCHEN

III

ミュンヘン――『うたかたの記』の舞台

うたかたの記。篇中人物の口にせる美術談と共に、
いと穉き作なり。多くこれに資料を供せし友人原田直次郎氏は、
谷中墓地の苔の下に眠れり。

……『改訂水沫集』「序」より

うたかたの記　　鷗外作

上

幾頭《いくとう》の獅子の挽ける車の上に、勢よく突立《つゝた》ちたる、女神「バワリヤ」の像は、先王ルウドヰヒ第一世が此凱旋門に据ゑさせしなりといふ。その下よりルウドヰヒ町を左に折れたる處に、トリエント産の大理石にて築きおこしたるおほいへあり。これバワリヤの首府に名高き見ものなる美術學校なり。校長ピロッチイが名は、をちこちに鳴りひゞきて、獨逸の國々はいふもさらなり、新希臘、伊太利、璉馬あたりよりも、こゝに來りつどへる彫工、畫工數を知らず。日課を畢《を》へて後は、學校の向ひなる、「カッフエエ、ミチルワ」といふ店に入りて、咖啡のみ、酒くみかはしなどして、おもひ〳〵の戯す。こよひも瓦斯燈の光、半ば開きたる窓に映じて、内には笑ひさゞめく聲聞ゆるをり、かどにきかゝりたる二人あり。

『うたかたの記』初出（『しがらみ草紙』1890年〈明治23〉第11号）

ミュンヘンの凱旋門

●……ミュンヘン

幾頭の獅子の挽ける車の上に、勢よく突立ちたる、女神バワリアの像は、先王ルウドヰヒ第一世が此凱旋門に据ゑさせしなりといふ。その下よりルウドヰヒ町を左に折れたる処に、トリエント産の大理石にて築きおこしたるおほいへあり。これはバワリアの首府に名高き見ものなる美術学校なり。校長ピロツチイが名は、をちこちに鳴りひゞきて、独逸の国々はいふもさらなり、新希臘、伊太利、璉馬などよりも、こゝに来りつどへる彫工、画工数を知らず。日課を畢へて後は、学校の向ひなる、「カツフエエ、ミネルワ」といふ店に入りて、咖啡のみ、酒くみかはしなどして、おもひ〳〵の戯す。こよひも瓦斯燈の光、半ば開きたる窓に映じて、内には笑ひさゞめく声聞ゆるをり、かどにきかゝりたる二人あり。

（『うたかたの記』）

凱旋門（著者撮影）
バイエルン軍隊栄光の記念碑として、一八五三年につくられた。写真は、凱旋門上の、獅子カドリーガ（凱旋の四頭立て二輪車）と女神バワリアの像

美術学校の近くにある凱旋門の描写から始められる『うたかたの記』(一八九〇年〈明治二十三〉八月『しがらみ草紙』)は、鷗外留学時代のミュンヘンの姿が生き生きと描写されている。当時ミュンヘンは、美術の一大中心地だった。

日本から美術を学ぶために留学してきていた画学生も住んでいた。鷗外がミュンヘンで最も親しく交流した画学生原田直次郎は、『うたかたの記』の主人公、巨勢のモデルになっている。

バイエルン王国の首都であるミュンヘンは、これまで鷗外が留学生活をすごしてきたザクセン王国のバロックの都、ドレスデンとは一変し、イタリアの建造物が偉容をほこるカトリックの拠点となっていた。

一八四三年から一八五三年まで十年にわたる歳月をかけて造られた凱旋門を始めとし、ミュンヘンのすぐれた建造物は、そのほとんどがメルヘン王として日本でも有名なルートヴィヒ二世の父、ルートヴィヒ一世によって完成されたものである。

ルートヴィヒ一世は、イタリアのルネッサンス美術の崇拝者だった。バイエルンの強大さを象徴するように獅子の挽く車にまたがる女神バワリアの像が据えられた凱旋門は、ルートヴィヒ一世がローマのコンスタンティン・アーチを模して作らせたものである。

ババリア像 ●……ミュンヘン

（明治十九年三月）十一日。午前居を蒭街Heustrasse（No.16, b, III Etage; bei J. Palm）にトす。家は大学衛生部と相対す。頗る便なり。僦居主人は商賈にして、夫妻皆淳朴。一女あり、年十四。善く洋琴を鼓す。十一時衛生部に至り、ペツテンコオフエル師と学科の事を談ず。レンクRenkに逢ふ。

十七日。早起。仕女窓を開き雀を飼ふ。余偶然戸外を望めば、晴日テレジア牧Theresienwieseの緑を照し、拝焉神女Bavariaの像半空に吃立す。牧場の南、遥に山岳を望む。余初め此家を僦す。曽て此奇観あるを慮らず。自ら迂闊を笑ふなり。此日師余を延いてフオイトCarl Voitを見る。亦白頭の人なり。師に比すれば言動稍ゝ圭角あり。

（『独逸日記』）

ババリア像（著者撮影）
ミュンヘン中心街から西南に位置する広大な広場、テレージエンヴィーゼの西はずれにたっている巨大なババリア像。バイエルン地方のシンボルとされているこの女神は、凱旋門の天上にも掲げられている

一八八六年（明治十九）三月十一日、鷗外はバイエルン州の都ミュンヘンで、大学衛生部の向かいに下宿を定め、衛生学の研究に従事する。指導教授のマックス・フォン・ペッテンコッファーを鷗外はとても敬愛し、最初の孫が生まれた時には、その名前をとって森真章《マックス》と名付けた程である。研究室と下宿を往復する生活の中で、下宿の窓からの眺望にも気付かない。

鷗外の下宿は十月のビール祭り（オクトーバーフェスト）が開催されるテレージエンヴィーゼに程近く、その広場には、高さが一五六メートルもあるババリアの像が建っていた。下宿生活を始めて六日もたった三月十七日のこと。下女がたまたま雀に餌をやるために窓を開けていたところを眺めて、窓から見えるババリア像に驚かされる。自分の迂闊さを日記にユーモラスに記している。

ババリアとはギリシア神話に出てくる「ミネルバ」のことで、知恵、技芸、戦勝の女神とされている。ブロンズとしてはミュンヘンで最も大きく、獅子を一頭従えその偉容を誇っている。いわば一九世紀のバイエルンの強さを誇る象徴であった。ババリア像の作者は、ローレライの乙女の彫像をつくったことで名高いルートヴィヒ・シュバンターラーである。『うたかたの記』において主人公の巨勢が、ローレライの乙女の図を描くことになるのには、このことが関係しているのではなかろうか。

王立美術学校 ●……ミュンヘン

エキステル、「わがドレスデンなる親族訪ねにゆきしは人々も知りたり。巨勢君にはかしこなる画堂にて逢ひ、それより交を結びて、こたび巨勢君、こゝなる美術学校に、しばし足を駐めむとて、旅立ち玉ふをり、われも倶にかへり路に上りぬ。」人々は巨勢に向ひて、はるぐ〳〵来ぬる人と相識れるよろこびを陳べ、さて、「大学にはおん国人も、をりく〳〵見ゆれど、美術学校に来たまふは、君がはじめなり。けふ着きたまひしことなれば、『ピナコテエク』、また美術会の画堂なども、まだ見玉はじ。されど余所にて見たまひし処にて、南独逸の画を何とか見たまふ。こたび来たまひし君が目的は奈何。」など口々に問ふ。マリイはおしとゞめて、「しばしく〳〵、かく口を揃へて問はるゝ、巨勢君とやらむの迷惑、人々おもはずや、聞かむとならば、静まりてこそ。」といふを、「さても女主人の厳しさよ、」と人々笑ふ。巨勢は調子こそ異様なれ、拙からぬ独逸語にて語りいでぬ。

(『うたかたの記』)

王立美術学校（**現ミュンヘン芸術大学**）（著者撮影）
『うたかたの記』の主人公である巨勢のモデルは、洋画家の原田直次郎（一八六三〜一八九九）である。当時、ミュンヘンでドイツ歴史画派の巨匠マックスに師事していた直次郎と鷗外が親しくなったのは、鷗外がミュンヘンに移った一八八六年三月のことだった

ミュンヘンの美術の殿堂は、「ピナコテーク」、美術学校生の溜まり場は「カフェ・ミネルヴァ」というように、イタリア語やラテン語が多用されている。美術学校校長はピロティといい、イタリアの画風が主流を占め、芸術をはじめとし文化全体にわたってミュンヘンはイタリアの模倣都市となっていた。

巨勢は気高い彫像のようなマリイにひきつけられ、ドレスデンからミュンヘンに再訪した理由を語り始める。六年前に助けた菫《すみれ》売りの少女の面影が忘れられない。ひっそりと咲き続ける菫のような少女との束の間の出会いの中に、イタリアの模倣がまかりとおる中で肩身を狭くしながらも健気に生きるゲルマン女性の姿を見出した。少女の姿を「無窮に伝へ」るには、イタリア風の背景においては意味がなくなる。巨勢はゲルマン神話にあるライン川の乙女として描くことだと思い立ち、ミュンヘンの美術学校でその絵を完成させたいと再訪したのだ。

『うたかたの記』で巨勢の友人として登場するエクステルは、原田直次郎の友人で、実在の画家である。彼が直次郎を描いた油絵は、現在、エクステル記念館に残されている。

演劇の都

●……ミュンヘン

（明治十九年三月）十二日。師の翰を持ちて大学評議官ノイヒイルUniversitaetsrath Neuhierlを大学本部に訪ふ。夜始て宮廷戯園に至る。壮麗比なし。場二千五百人を容る。演する所はジイゲルトG. Siegertの作なり。「クリテムネストラ」Klytaemnestraといふ。クララ、チイグレルClara Ziegler女主人公に扮し、ブランド氏Fraeulein Blandエレクトラ Elektraに扮す。伎倆皆観るに足る。

十四日（日曜）。（前略）夜始て輦下戯園Residenztheaterに至る。一等軍医正ヱエベルWeber及びワアルベルヒの誘ふ所なり。劇場は宮廷戯園と相隣す。甚だ細小。僅に看客八百人を容る。然れども建築の美実に宮廷戯園に遜らず。演する所はカルデロンCalderonの快夫人La dama duendeなり。

（『独逸日記』）

首都劇場（旧レジデンツ劇場）（著者撮影）
ミュンヘンは大小合わせて七十もの劇場がひしめきあう一大演劇都市で、首都劇場（旧レジデンツ劇場）はドイツ演劇界を代表する劇場であった。現在内部見学が可能で、ロココ式の華やかな内装が楽しめる。鷗外のドイツでの観劇体験は、帰国後、戯曲翻訳・創作活動へとつながってゆく

鷗外は一八八六年（明治十九）三月七日からミュンヘンでの生活を開始するが、着いて早々の三月中に四回も劇場に通っている。ミュンヘンは、ドレスデンと並ぶ演劇の都として誉れ高く、特に宮廷劇場（ホーフテアター）と首都劇場（レジデンツテアター）が演目を競い合って観客を集めていた。

三月十二日に出かけた宮廷劇場では、ジィゲルドの『クリテムネストラ』を観劇している。宮廷劇場は、収容人員が二五〇〇名という壮麗な大劇場である。ヒロインを演じたクララ・ツィーゲルや工レクトラを演じたブラントの演技力について、日記に「技量観るに足る」と記した。この記述には、これまでライプツィヒ、ドレスデンで観劇を重ねたことにより、俳優の演技力に対する鑑識眼が培われてきたという鷗外の自信がうかがえる。

翌々日の十四日には、カルデロンの『人生は夢』を観に行った。ミュンヘンはイタリア建築の影響を色濃く受け、首都劇場の内装も華麗なものであった。劇場が日常から解放される異次元空間の役割を果たしていたことを、鷗外が最も意識したのはミュンヘンだった。

鷗外は劇場の新設照明や空調設備の実験にも参加した。その実験は新聞に取り上げられる大規模なものだった。私は当時の新聞を調査して、実験に参加した医師の一人としての若き鷗外の名前を実際に確認することができた。

シュタルンベルク湖

●……ミュンヘン郊外

（明治十九年六月）十三日。夜加藤岩佐とマクシミリアン街Maximilianstrasseの酒店に入り、葡萄酒の杯を挙げ、興を尽して帰りぬ。翌日聞けば拝焉国王此夜ウルム湖の水に溺れたりしなり。王はルウドヰヒLudwig第二世と呼ばる。久しく精神病を憂へたりき。昼を厭ひ夜を好み、昼間は其室を暗くし、天井には星月を仮設し、床の四囲には花木を集めて其中に臥し、夜に至れば起ちて園中に逍遥す。近ごろ多く土木を起し、国庫の疲弊を来しゝがために、其病を披露して位を避けしめき。今月十二日の夜、王は精神病専門医フオン、グツデンvon Guddenと共にホオヘンシユワンガウHohenschwangau城よりスタルンベルヒ湖Starnbergersee一名Wurmseeに近きベルヒBergと云ふ城に遷りぬ。十三日の夜グツデンと湖畔を逍遥し、終に復た還らず。（後略）

（『独逸日記』）

シュタルンベルク湖のルートヴィヒ二世の墓碑（著者撮影）　美の世界に心酔しメルヘン王ともよばれたルートヴィヒ二世は、プロイセン政府によりシュタルンベルク湖畔のベルク城へ幽閉されるが、翌日、侍医のグッデンと溺死体で発見される。鷗外がミュンヘン滞在中のできごとで、衝撃的なこの顚末は、のちに『うたかたの記』に描かれることになる

シュタルンベルク湖はミュンヘンの郊外にある風光明媚な湖で、別名ウルム湖ともいう。保養地になっており、鷗外も日本人留学生とともに滞在している。その湖で、一八八九年（明治十九）六月十三日にルートヴィヒ二世が侍医グッデンとともに水死した。自殺か他殺かは現在も謎に包まれている。

「アルゲマイネ・ツァイトウング」「ノイエステ・ナハリヒテン」などのミュンヘンの新聞全紙が大々的に王の死を報道した。俊英美貌の誉れが高くメルヘン王としてミュンヘン市民に敬愛されていたルートヴィヒ二世は、人嫌いで夜を好み、昼間でも部屋を暗くして、天井には星や月を配し、夜に園内を散歩するという風であった。この日もお供は侍医のグッデンだけの湖畔散策中、謎の死をとげたのである。

鷗外は六月十三日の『独逸日記』に王の死を詳細に記述している。しかし、その後二十日まで『独逸日記』は空白のままである。六月十四日以後の日記がないことは、その間は情報収集に費やされていたのではないだろうか。鷗外が日記を書かなかったことは、おそらく小説の構想を練っていたことと関係していると考えられる。

『うたかたの記』が書かれた契機には、謎につつまれたルートヴィヒ二世の湖での溺死事件に鷗外が実際に遭遇した時の衝撃があった。

ノイシュヴァンシュタイン城

◉……フュッセン

「(前略) 窓硝子を洩りてさしこみ、薄暗くあやしげなる影をなしたる裡に、一人の女の逃げむとすまふを、ひかへたるは王なり。その女のおもて見し時の、父が心はいかなりけむ。かれは我母なりき。父はあまりの事に、しばしたゆたひしが、『許したまへ、陛下』と叫びて、王を推倒しつ。そのひまに母は走りのきしが、不意を打たれて倒れし王は、起き上りて父に組付きぬ。肥えふとりて多力なる国王に、父はいかでか敵し得べき、組敷かれて、側なりし如露にてしたゝか打たれぬ。この事知りて諫めし、内閣の秘書官チイグレルは、ノイシユワンスタインなる塔に押籠めらるる筈なりしが、救ふ人ありて助けられき。われは其夜家にありて、二親の帰るを待ちしに、下女来て父母帰り玉ひぬといふ。喜びて出迎ふれば、父舁かれて帰り、母は我を抱きて泣きぬ。」

(『うたかたの記』)

ノイシュヴァンシュタイン城

（著者撮影）

ルートヴィヒ二世の美意識の結晶ともいえる白亜の城・ノイシュヴァンシュタイン城。しかし城主は完成からわずか百日余りで謎の死を遂げる。悲劇の生涯を送った王を題材とした文学作品はヨーロッパを中心に数多く残されているが、いち早く小説化されたのは鷗外の『うたかたの記』であった

ルートヴィヒ二世の建てたノイシュヴァンシュタイン城（写真）は、ミュンヘンの南方にあるロマンチック街道の終点のフュッセンにあり、ドイツ観光のシンボルとなっている。オーストリアとの国境に近く、アルプスの豊かな緑の中に浮き上がる白鳥のような優雅なたたずまいを見せるこの城は、完成まで一七年の歳月を費やした。

内装にも趣向を凝らし、ルートヴィヒ二世が愛好したワーグナーのオペラの壁画で埋められた夢の城である。しかし、ルートヴィヒ二世は三カ月ほど滞在しただけで、まもなくシュタルンベルク湖で溺死する。王の衝撃的な死は、次々と詩や歌にとりあげられるが、いち早く小説化したのが鷗外だった。

『うたかたの記』では、王の謎の死は、狂気の恋の破綻であるとされている。宮廷画家スタインバハの美貌の妻マリイに横恋慕した王は、救いに入った画家を殺してしまう。

六年後、マリイの面差しを受けつぎモデルとなった娘のマリイ（母と同名）が、シュタルンベルク湖で日本人画学生の巨勢とボートに乗っている所に行き会った王は、マリイを追って湖に入り溺死してしまうのである。

溺死は、孤独な王の内面に燃えていた狂気の恋の破綻による悲劇であったとするロマンチックな解釈であり、若き鷗外の小説家としての飛躍を予感させる作品となっている。

あとがき

「青春の旅」というと、誰にも忘れられない思い出の旅があるだろう。旅好きの私にとっても、大学時代のサークルの旅など、さまざまな印象に残る青春の旅があった。しかし、私にとってのもっとも印象に残る「青春の旅」は、やはり一九八二年から一年間のドイツ滞在である。二十代の後半になっていたが、思い出す光景はまさしく「青春の旅」である。当時はまだドイツが東西に分断されていて、ベルリンには壁がそびえ、東西ドイツの国境地帯にも厳しく立ち入りを禁止している空白地域が存在した時代である。

初めて列車で西ドイツからベルリンに向かったとき、東ドイツの国境で銃を背負った国境警備兵が列車に乗り込んできて、警備兵はシェパードを連れ順番にコンパートメントを回りパスポートや手荷物のチェックを念入りにした。座席の下もすみずみまで確認した。西ベルリンに到着した翌日、ベルリンの壁のチェックポイント・チャーリーから東ベルリンに入ったが、パスポート検査のときにいかめしい顔の東ドイツの警備兵に「首都ベルリンに何のために入るのか」と尋ねられ、「観光をしたいので」というつもりだったのが、警備兵の顔があまりにも冷たかったので「観光をしなければならないので」と答えてしまった。そのとき、警備兵がにやりとして、「あなたは観光をしなければならないのか」と繰り返したのを今でも覚えている。それほど緊張した雰囲気だった。

東ベルリンは、かつてのメインストリートであるウンター・デン・リンデンこそ華やかな雰囲気を装っているように見えたものの、少し脇の通りに入るとひどく荒廃した雰囲気が漂っていた。強制両替をさせられた東ドイツのマルクも子どものおもちゃのように見えた。実際に、そのマルクで買う物がほとんどなかった。西ドイツに東ドイツ・マルクを持ち出すことはできなかったので、買いたくないものを買うか、チップをはずむしかなかった。

しかし、初めての東ベルリン体験は後から役に立った。自分で壁を越える勇気が出たからだ。鷗外がドイツで留学した都市は、ミュンヘンを除いてライプツィヒ、ドレスデン、東ベルリンとすべて東ドイツにあった。現地調査をするためには、何度も壁を越えなければならなかった。壁を越える度に緊張感を覚えることには変わりなかったが、一年七か月ほどのボン滞在の間に都合四回ほど壁を越えたため、緊張感の度合いは次第に低くなった。しかし、緊張感を決定的に和らげてくれたのは、東ドイツの各都市で調査した図書館など関係施設の職員の方々の暖かい対応だった。主に大学図書館や公立図書館などをまわり、鷗外留学時の関係資料を探した。職員には女性が多かったが、極東から訪ねてきた日本人にとても暖かい対応をしてくれた。一緒に資料探しをしてくれたり、性能のよくないコピー機で根気よく資料をコピーしてくれた。コピーが禁じられている古い文献をこっそりコピーすることまでしてくれた。いたずらっぽい表情を浮かべて。

そのようなことを繰り返すなかで、自然と世間話もするようにもなり、東ドイツ市民の日常生活の一端を知ることになった。外国人との交流が厳しく制限されていた東ドイツではあったが、自宅に招かれて食事をご馳走になったりもした。簡素な食事ではあったが、暖かい味がした。その場で話される東ベルリンの暮らしを聞くと、不便なことが多くとも生活の最低保障はなされ、医療費や学費は無料であり、男女平等も徹底されていた。ぜいたくな暮らしはできないが、労働時間が短いので毎日夕方五時には帰宅するとのことだった。時間のゆとりがあるため人と人の交流はとても大事にされていた。電話も簡単にできないので、人に会うには、その人の住まいに直接に出かけていくしかなかった。その人が在宅していればよいが、いなくてもまた出直せばよい、というおおらかなものだった。

東ドイツにおける暮らしぶりは、市民の表情や態度にも表れていて、西ドイツの人よりも競争がないだけ表情や態度はのんびりしたものだった。そのうちに私は、鷗外が留学中に接したのは、東ドイツの市民のようなドイツ人ではなかったか、と思い至った。一九八二年でも西ドイツの人々、とりわけ若者たちにはすでにアメリカナイズされたところが見られたが、東ドイツの人々は、若者を含めて古き良き時代のドイツ人の面影を宿しているように見受けられた。

「鷗外のドイツ」を私も少しは追体験しているのではないか、という「妄想」を持つことができた。それは、鷗外の「青春の旅」と私の「青春の旅」が交錯している、と思うことのできる幸せな瞬間だった。

最後になるが、本書を天上の大島田人先生、森富先生と令子夫人に捧げたいと思う。大島先生、森先生がそれぞれ主催された鷗外ドイツ紀行に何回も参加させていただき、ガイド役を務めたことも忘れえぬ思い出である。ドイツ各地でのお三方の楽しそうなお顔はくっきりと瞼に残っている。

本書も前回の『森鷗外の西洋百科事典——『椋鳥通信』研究』同様に、鷗出版の小川義一社長のお手を煩わせた。鷗外の初出の作品引用も載せる、「鷗外留学日録」を付属資料としてつける、という小川社長の抜群のアイデアにより、本書は魅力を増すことができた。装丁の見事さも前回同様で、心からの感謝を申し上げたい。

二〇二〇年十月

金子　幸代

鷗外留学日録　一八八四年（明治十七）〜一八八八年（明治二十一）

一八八四年（明治十七）　満二十二歳

六月七日　ドイツへ留学を命ぜられる

六月十日　本職を免ぜられ総務局管轄に移される

七月二十八日　皇居に参内、天皇に拝謁し賢所に参拝する。休息所において酒饌を賜る

八月一日　九段の偕行社において陸軍軍医百余名による送別会が開かれる。送られる者は森林太郎（鷗外）の他、陸軍一等薬剤官丹波敬三と二等軍医小松運で、軍医監緒方惟準が祝詞を述べる

八月二十日　陸軍省に行き、留学の旅費を受領する

八月二十三日　午後六時、汽車で新橋を出発、ドイツへ向かう。父静男、次弟篤次郎が見送りで横浜まで同行する

八月二十四日　午前七時三十分、フランス船メンザレエ号に乗船。父、弟、旧津和野藩主亀井家の名代、その他多勢の知友に見送られる。乗船の際、父に妹喜美子あての紙包を渡す。九時に出航。同じ船で留学する九人と知り合いになる。晩に富士山を望む

八月二十七日　薩南を過ぎる。

八月二十八日　終日、甲板の竹製のデッキチェアにいる。船は大海原へ出て愉快極まりない。「竹床者航海中良友也」という柴田承桂の言葉を思い出す

八月二十九日　「日東十客歌」と題して、留学生十人の船中のさまを詩に作る。自らについては「独有森生閑無事。鼾息若雷誰敢呵。他年欧洲遊已遍。帰来面目果如何」と詠む

八月三十日　船は中国大陸福建省を右に見て進み、左に台湾を望む。厦門港口を過ぎる。二島が並立する兄弟島を見る。夕方船中に沐浴する

八月三十一日　午後十時、香港に着く。燈火のきらめくさまが神戸に似ている。船で寝る。横浜を出てから千六百海里ほど来たのだと思うと感慨が湧く

九月一日　夜明けに香港の港を望む。市街は三層をなして、海から山へと連なり、山中の石によって造られた家は雪のごとくに白い。午後四時に上陸して、輿を雇って領事署に行く。署で食事が出される。十日ぶりの日本食に感激し舌鼓を打つ。萩原三圭と旧知の島邨千雄と呼ぶ土佐出身の中尉が署にいて、清仏の戦況を詳しく聞かせてくれる。ともに英兵の屯舎を見に行くことを約束する。船に帰って寝る。香港と呼ぶ名のいわれを考える。故国の父母、弟妹に書信を送る

九月二日　香港に上陸して花苑に遊ぶ。次いで市街を歩く。坊門の招牌を見て、晩餐を香港客館にとる。領事署から町田実一、田辺貞雄の両人も来る。田辺は同じくメンザレエ号に乗って来た人でドイツ語を解し快談する。船に帰って寝る

九月三日　英兵の屯舎を見るために早朝から領事署へ行く。兵舎の中佐某に使いをやったがまだ返事が来ぬと町田がいう。署で昼食をとって待つ。午後四時返事が来たので輿を呼んで停歇病院を見に行く。島邨が都合で行けず、丹波が同行する。時すでに晩となり、くまなく兵舎を見る時間が無い。下医に迎えられて院内を見て回る。終わったところへ外科医長が来合わせ、艇を飛ばして浮動病院に案内してくれる。脚気患者の有無を聞くと甚だ稀なりという。終わって岸に上がる。夜になって、フランス船の楊子号に乗り換える。同行の留学生は先に移っている。行李を片付けて船に寝る

九月四日　午時香港を出航

九月六日　安南山下を過ぎる

九月七日　早朝、サイゴン河を溯る。二時、サイゴン港に着く。市街を望むと屋根瓦がみな赤い。椰子の実を買って食べる。甘美な味がする。香港の病院で視察したところを軍医本部へ報告する。故国の父母、弟妹へ音信する

九月八日　早朝、馬車を呼んで花苑の見物に行く。動物園へも行く。午時、船に帰る

九月九日　午前三時、サイゴン港を出航

九月十一日　早朝、麻陸岬とスマトラの間を過ぎる。午前八時、シンガポール到着。十一時、馬車を雇って市内の寺院や花苑を見学する。午後三時に帰船。たまたま入港したフランス船屋幾斯号に日本人乗客がいると聞き、見に行く。晩餐の後、近くの岸辺を散歩する

九月十二日　九時にシンガポールを出航

九月十三日　船はスマトラ海浜を行く。林紀のことを思い、無量の感慨あり

九月十四日　ベンガル海に入る

九月十七日　セイロン島に近づく。午後五時、波殷徒噶児港を望む

九月十八日　未明にコロンボ港に入る。朝食後小汽船に乗って上陸し、人を雇い市街を見物する。故国へ便りを送る。博物館や仏寺を見る。客館に小憩して後、午後一時船に帰る。三時に出航

九月十九日　アラビア海に入る

九月二十一日　日曜日にあたり、ヨーロッパ船客の歌舞するのを見る

九月二十六日　紅海の喉元にあるアデン港に着く。この地は四時少雨のため天水を貯めた貯水池があることを聞いていたが、微恙があって見に行くことができない。パリより帰国中の外務書記官光明寺三郎に邂逅する。午後六時開行

九月二十七日　紅海を行く

十月一日　午前六時、スエズ港に至る。十時、運河に入る。運河中に泊る

十月二日　運河を行く。午後二時、ポートサイド港に着き、上陸して市街を見て歩く。音楽堂があったので入って聴く。楽士（男五人、女十五人）が管絃で合奏していて楽しい。曲が終わるたびに女楽士が席を降りて銭を乞う。六時開行。船は地中海に入る

十月四日　初めてヨーロッパの国土を望む

十月五日　イタリア山脈を望む。晩間、シシリー海峡を行く

十月六日　午後四時、アペニン山脈を望む。十時、ナポレオン一世の生まれたコルシカ島を左に見て過

ぎる。感あり

十月七日　午後二時、フランス国マルセイユに着く。停船法によりすぐ上陸できず。黄旗を掲げて港口の一島に退き、待つ。四時に入港、夜に入ってから上陸する。出迎えた宿の者に行李を託し税関に至る。七時、客館に入る

十月八日　昼食後、留学生十人そろって記念写真を撮る。午後一時、田中、片山、丹波、飯盛、隈川、萩原、長与は、道をストラスブールにとり先発する。林太郎は午後六時、汽車でマルセイユを発つ。夜半、リヨンを過ぎる

十月九日　早朝、汽車はフランスの田園を走る。午前十時パリに着く。咩児珀爾客館に投じ、佐藤佐と邂逅する。ベルリン遊学中の佐藤は、木戸正二郎が病気のため帰国するのを送ってマルセイユまで行くという。夜、「夜電」部劇場に行く

十月十日　公使館に行く。午後八時、汽車でパリを発ちドイツへ向かう

十月十一日　午前七時、ケルンに着く。ドイツ語の話せる国に着いたことを喜ぶ。午後八時三十分、ベルリンに安着する。シャドウ街の徳帝客館に入る。ここで落ち合うはずの田中、片山等を待つ

十月十二日　朝、佐藤三吉が旅館に来訪し、軍医監橋本綱常を訪ねるよう勧めるのでテプファー・ホテルに宿泊中の橋本を訪ねる。丁寧に礼をしたところ、橋本は手を振って、頭が地につくような礼はここドイツではしないようにと、まず戒める。次いで、橋本は林太郎を連れてフオス街七番地の公使館に行き、公使に紹介しようとしたが、公使は留守であった。そこで、ホテル・カイゼルホーフに止宿中の大山陸軍卿を訪ねて引き合わせようとしたが、陸軍卿また他出中であった。橋本は林太郎を旅店へ連れて帰り、昼食をともにしながら、「政府が君に託したのは、衛生学を修めることとドイツの陸軍衛生部の事を詢うことの二つだが、制度上のことを調べるのは隻眼を具えたものでなければ容易でない。それには別に本国より派遣すべき人がある。君は専心衛生学を修めればよい。本国より制度上のことを問われた場合は、一等軍医のキヨルチングに諮って答えればよかろう」と諭される。その後、小金井良精をア

ナトミーに訪ね、小松惟直から預かった書簡を渡す

十月十三日　橋本綱常に導かれて、大山陸軍卿に挨拶に出る。大山は林太郎の軍服姿を見て、目立つから早く常の服を誂えるようにという。次いで、公使館に青木公使を訪ねる。旧津和野藩主亀井茲監老公の紹介状を出して挨拶する。公使は福羽、八杉（利雄）など津和野出身の人々のことを問い、八杉の早世を惜しむ。話が留学のことに及び、衛生学を修めるために渡独した旨を述べると、公使は、衛生学を修めるのはよい。しかし、帰国して直ちにこれを実施するのは難しかろう。足の指の間に下駄の緒を挟んで歩く国民に、衛生論はいらぬことだ。学問とは書を読むことだけをいうのではない。ヨーロッパ人の思想、生活、礼儀はどうであるか。これらを善く見れば、洋行の目的は十分果たせたことになろうと話す

十月十四日　橋本綱常を訪ね、衛生学を修める順序につき指導を仰ぐ。まず、ライプツィヒのフランツ・ホフマン、次にミュンヘンのペッテンコオフェル、最後にここベルリンでコッホにつくよう指示される。ではすぐにライプツィヒに発ちますと言うと、大山陸軍卿の帰国を見送ってからにするようにと言われる

十月十五日　夕方、カルル街の酒店クレッテで岩佐侍医と樫村教授及び橋本綱常を送る会があり出席する。旧知の三浦信意、青山胤通、佐藤三吉、小金井良精ら邦人十七人が集まる。加藤弘之の息照麿を初めて見る

十月十八日　アルハンター駅で橋本綱常を見送る

十月十九日　三浦中将を旅宿に訪ねる。話が留学の目的に及び、橋本軍医監の言を告げて、制度上のことを勉強する機会は少ないかも知れぬというと、その気になってよく見ればいかなる地位にあっても知ることができるといわれる。午後ミュルレルという人が訪ねて来る。グロオスベエレン街の一等軍医キョルチングの宅を訪ねる。キョルチングは、チュウリンゲン歩兵聯隊本部の医官で、現に陸軍省にあって庶務をとっている人である

十月二十日　大山陸軍卿をアルハンター駅に見送る。別れにあたり「風土病に罹らぬよう用心せよ」といわれる。この日、父をはじめ、西、石黒など九人に

ベルリン安着を知らせる書信を送る

十月二十二日　午後二時三十分、汽車でベルリンを発ち、五時三十分第一の留学地のライプツィヒに着く。萩原三圭が駅に迎えに来てくれて旅店（Hôtel Stadt Rom）に入る

十月二十三日　フランツ・ホフマンに従学の挨拶に行く。午後、府の東北隅にあたるタアル街のヲオルという寡婦の家の一室を借りる。わが国でいえば二階にあたるところで、隣室に飯島魁という留学生が住んでいる。部屋には、机、食卓、ベッド、ソファ、箪笥、衣をかける箱、陶爐、洗面器等の備えがあり、呼鈴もあって用のある時これを引く。下宿料は一カ月四〇マルクで朝食（コーヒーとパン）代を含む。昼食と夕食は飯島とともにリイビヒ街のフォオゲルの店に食べに行くことにする

十月二十四日　リイビヒ街にある大学の衛生部に入学し、この日より学業を始める。朝、ヨハンネス寺院の七時の鐘を打つころに起きて朝食をとり九時までに大学へ出る。大学での研究を終えて宿に帰ると、英語教師のイルグネルが来て待っている。夕食をフォオゲルの店でとった後、夜はドイツ詩人の詩集を読み始める

十月二十六日　ライプツィヒに来て初めての日曜日。礼拝堂の鐘の音が終日聞こえる。料理店、煙草屋の他、商店はみな戸を閉ざしている

十月二十七日　この日から実験に着手する

十月二十八日　父に、ライプツィヒ安着、大学入学のこと、下宿の様子などを書いた書信を送る。「航西日記」「第一私報」も同封する。この日体重を測る

十月三十一日　大学で学長の選挙がある。当選した学長のもとへ学生らが松明を燈して祝いに行く

十一月一日　長井長義の弟新吉がハルレより来る

十一月二日　寄留証を取りに警察署に行く

十一月九日　フランツ・ホフマンの家を訪問する。白い手袋は買ったが黒の上衣はまだないので飯島に借りて行く。旭玉山の彫刻した髑髏の漆器を贈る

十一月十二日　ハイデルベルヒで勉学中の宮崎道三郎から書信が来る。その中には、同地に学んでいる井上哲次郎が林太郎の詩稿「盗侠行」を改删し評語を加えたものが同封されている。井上と知り合いに

なったことを喜ぶ
十一月十三日 日本食品の化学的分析を始める
十一月十六日 夜、altes Theaterに行き、喜劇を見る。七時に始まり十時に終わる。この日、ウユルツレルに漆器を贈る
十一月十八日 この日より、イルグネルから英語を学ぶ
十一月二十七日 ホフマンの招待を受ける
十一月二十八日 コルベの葬儀に行く
十二月十五日 帰独中の旧師エルウイン・ベルツが林太郎の業房を訪れる。夜、ホフマンがベルツとショイベを招待し、林太郎も招かれる
十二月十七日 ベルツに招かれて酒店で晩餐をする
十二月二十五日 ドイツへ来て初めてクリスマスを迎える
十二月二十八日 長い間ロンドンで器械学を学んでいる、理学士の九里龍作が訪ねて来る。佐藤元萇より書信が届く。中に故国の紅葉数葉が入っており、葉の上に「只知君報国満腔気、泣対神州一片秋」と書かれている

一八八五年（明治十八） 満二十三歳

一月一日 ライプツィヒではこの日午前零時に元旦を祝う。林太郎は水晶宮の舞踏席で新年を迎える。一堂に会する者、知る人も知らぬ人も「プロジット、ノイヤアル」と挨拶して握手する。この日、故国の祖母、父母、弟妹に新年の賀状を出す。妹喜美子と末弟潤三郎には絵葉書を送る
一月四日 ベルリンより丹波敬三と飯盛挺造が来る。萩原三圭の宿で日本食を作ってもてなす
一月七日 業房で日本茶の分析を始める
一月八日 水晶宮で仮面舞踏があり見に行く。飯島とともにトルコ帽をかぶり黒い仮面をつけて入る
一月十八日 ウユルツレルに連れられて陸軍中将モンベエ、大佐ロイスマン、軍医正マイスネルを訪ねる。中将は留守であったが他の二人は快く会ってくれる
一月十九日 誕生日で、満二十三歳となる。聯隊の「ミリテエル、カシノ」に行く

一月二十三日　ホフマンの家に招かれて晩餐をとる

一月二十七日　木越大尉がケムニッツより来る。西南の役に少尉で従軍し、腹から背に貫通する銃丸を受けた話などを聞く

一月二十九日　木越大尉を送って駅に行く。池に張った氷の上で手を携えた男女が池畔で奏する音楽に合わせてスケートに興ずるさまを見る

二月七日　ウュルツレルに誘われて、「ナポレオン石」を見に行く。方石の面に聖書の一句が彫ってあり、背に某の年ナポレオンがこの丘に立って戦況を瞻ると記してある。帰途、近くにあるライプツィヒ渠道の泉源を見る

二月十一日　化学士クレッチュマンに招かれて、「サント、パウリ」唱歌会に行く

二月十三日　フォオゲルの店へ晩餐に行くとルチウスが馳せよって、面白いことがあるといいながら、持っていた新聞を見せてくれる。去る十一日の「サント、パウリ」唱歌会のことを報じた記事の中に、「本会の名誉とすべき賓客にメックレンブルグの上公及び日本軍医森君あり」と載せてある

二月十七日　ショイベを訪ねて、著述中の「日本兵食論」及び「日本家屋論」に引用するため、蔵書を借りる。ゲエゲンバウエルの解剖書など三部の書物を買って、故国の次弟篤次郎に送る

二月二十三日　自分自身を実験台にして栄養上の研究を始める

二月二十七日　ベルツと萩原三圭とともに、ショイベの家に招かれる

三月三日　大学はこの日で冬学期が終わり、講堂を閉鎖する

三月七日　ホフマンの姑ウンデルリヒの葬儀に行く

三月十七日　長井新吉が姉小路某という人物を伴ってライプツィヒに来る。姉小路はストラアスブルクにおいて政治学を学んでいる人で、ミュンヘンに赴くところだという

三月十八日　東亜医学校の講師時代の同僚で植物に精しい村井純之助が来る。内務省試験場に勤めていて、このたびロンドン博覧会の役員として渡海し、ベルリンより来たのであった

三月二十一日　村井を送って停車場に行く。骨を刺

すような寒気の中を吹雪にまみれて下宿に戻る
三月二十八日　菊池大麓がライプツィヒに来る。初めてパノラマ館を見る
三月三十日　佐方潜造がウュルツブルクより来る。駐英公使の一族で、大学の一等本科生だったころ、課業を休んで公使についてドイツに渡ってきた人で、ホフマンのもとで衛生学を修めるために当地へ来たのだという。篤実にして頼もしげな研究仲間を得て喜ぶ
三月三十一日　ウインを経て帰国する菊池大麓を停車場に見送る
四月十二日　古荘嘉門の子でエナ私学校生徒の古荘韜とベルリン大学に学ぶ加藤照麿が来る
四月十五日　父から書信が来る。石黒、緒方両軍医監の書も至る。小山内建と清水郁太郎の病没したこと、緒方収二郎が結婚したことなど書いてある
四月十七日　パウル・ハイゼ、ヘルマン・クルツ共編の『ドイツ短篇集』を読み始める
四月十八日　飯島魁が帰国する。父への写真を託し、停車場に見送る。夜、ニイデルミルレルに誘われて、音楽家トットマンを訪ねる
四月二十七日　オステルンの祭日はこの日をもって終わり、大学開講する
四月二十九日　ザクセン軍国医長で軍医監のウイルヘルム・ロオトがドレスデンより来り、諸大学の教授、軍医とカタリイネン・ストラアセの酒店バウマンに会合する。林太郎も参会する。ロオトは人の紹介するのを待たずに、卿は二等軍医森氏ではないかと林太郎に呼び掛け、松本軍医総監、橋本軍医監らの近況を尋ねる。また、来る五月十三日に負傷者運搬演習をドレスデンで行うから来観するようにと勧められる。林太郎は喜んで参観する旨を答える。この日、眼科教授コクチウスと病体解剖科教授ビルヒ・ヒルシュフェルドと相識る
五月二日　ライプツィヒ大学の夏学期が開講される。大学正庁に行き、ビルヒ・ヒルシュフェルドの初講義である細菌学の沿革及びその病躰解剖学との関係について聴講する
五月三日　トットマンから晩餐に招かれる。著名な植物学者シュライデンの未亡人とその娘シュワアベ

を紹介される。未亡人は神経のことを好み幽霊説を信ずる人で、音楽にも通じている。シュワアベは美貌の少女であるが、男子のような物言いをする人である

五月七日　シュライデン未亡人に招かれて、馬車を雇いゴオリスにある居宅を訪ねる。ゴオリスは東京でいえば向島根岸のような所で、家のまわりに桜桃が咲き乱れ、雨中に鳥声が聞こえる。トットマン夫妻、トリエスト生まれの婦人某も招かれている

五月十二日　朝八時半、ウユルツレルとともにライプツィヒを発ってドレスデンに向かう。菜種の花、ソバの花、林檎の花が盛りの村を過ぎる。メッケルンを過ぎ、ムルデ河を渡る。家々の屋根は瓦葺きが多く、わらで葺いたものは少ない。近頃、わら屋根は修復だけを許し、新たに葺くことはさせないのだとウユルツレルがいう。群羊を率いた牧夫を見る。さながら絵を見るようである。オシヤッツを過ぎてウラアネンの兵営が見える。十時十五分、リイザに着く。十分間停車した後、エルベ河の鉄橋を渡る。麦畑の上をヒバリが飛び、マイセンの城が見える。十一時半、リヨスニッツを過ぎる。地形が変わり、あちこちに丘陵がある。このあたりでもまだブドウ畑が見られるとウユルツレルがいう。ブドウは一年の気温が平均摂氏九度以上の土地でないと育たない。ドレスデンの気温は九・一度であるから、欧州大陸中でブドウの育つ北限の地であるなどと話しながら進んでいく。ドレスデンの騎砲輜重兵の兵営が見えてくる。十二時、ドレスデンに着く。四季客館に入り正服に改めて、ロオトを官宅に訪ねる。談話の後、ロオトに導かれて陸軍卿ファブリイス伯の官署に行き面謁する。プロシアとサクソンの連合にあずかって力のあった人である。次いで、司令官ゲオルグ王、市司令官少将フィンケの署に赴き、到着簿に記名する。将官シユウリヒに挨拶する。客館に帰り昼食をしたためて後、ウユルツレルの姑の家を訪ねる。コーヒーが出る。ここを辞してレンネ街を左折して並木道に出る。遙かに百合石山が天半に聳えている。それから花園に入って遊ぶ。その後、ウユルツレルの姑の家の晩餐に招かれる。夜、シユウマンの酒房に行き、サン・テミリオン酒を飲む。酒

店の婦が林太郎を伊知地大尉と間違える。客が大笑する。四季客館に泊る

五月十三日　午前七時、軍服を着し、ウユルツレルとともに馬車を雇って練兵場に行く。負傷者運搬演習を見る。雨降り出す。十一時三十分に演習終了。その後、塑像館と画廊へ行く。ドレスデンの画廊は世界の名画を集めていることで名高いが、とりわけラファエロの童貞女は林太郎が長い間一見したいと思っていたもので、この日見ることが出来て喜ぶ。客館に帰り昼食をとる。午後五時、正服に着換えて軍医会に赴く。会場はブリユウル磴のベルヱデエル亭。王国衛生団の軍医が悉く集る。来賓には陸軍卿をはじめ、ベルリン衛生会長軍医正ダイク、ドレスデン病院外科医長など。酒宴酣なるころロオトが演説し、その中で林太郎を歓迎する旨のことばを述べる。林太郎は大いに面目をほどこす。軍医中かつてベルリンで坂井直常と同学であったという人が来て話をする。最後に軍団の康寧を祝して満堂の客三鞭酒の杯を挙げ、三度「ホオホ」を呼ぶ。夜十二時散会する

五月十四日　午前十時に宿を出てロオトに従い、諸兵営ならびに平時病院を巡視し、午後一時に終わる。カシノで昼餐し、七時に散会。ロオトと別れて八時汽車に乗り、ライプツィヒに帰る。十時十五分帰着

五月二十三日　石黒忠悳に「徳停府ニ負傷者運搬演習ヲ観ルノ記」を送る

五月二十六日　全権公使と学課の順序を議するため、ベルリンに赴く。午前十一時ライプツィヒを出発し、午後三時三十分ベルリンに着く

五月二十七日　午前公使館に行く。青木公使はヘーグに滞在して留守であったので、三浦と青山を訪ねる。古荘に会う。隈川の家で晩餐をとる。この日、陸軍一等軍医に任ぜられる

五月二十八日　三浦とともにシヤリテエの病理学試験場に行き、三浦の製作した胆管枝、細尿管、胃癌等の標本を見る。諸友と幕舎に晩餐をとる。夜、博覧会苑に行く。緑の樹々の間に電燈を点し、数カ所に噴水がある。納涼に好適の地である。同遊者は青山、隈川、榊、田中、穂積、片山、加藤など

五月二十九日　三浦の下宿で日を過ごす。夜、バウ

エル茶店に憩い三浦と加藤が球戯をするのを見る

五月三十日　公使館に行くが、公使はまだ帰っていない。棚橋軍次がいたので諸事を委託する。砲兵街に行き、三浦、古荘及びラアゲルストリヨオム夫人に別れを告げる。午後二時三十分、アンハルト停車場で汽車に乗る。五時半、ライプツィヒに帰着する

五月三十一日　賀古鶴所に書信を送る

六月五日　黴菌培養法の講習始まる

六月十日　夜、バイエリッッシャーバンホフにフォオゲルとグレッチュマンと一緒に行き、合奏を聴く

六月十一日　ドレスデンよりロオトが来て、バルマンの酒店で会合する。コクチウス、ワグネル、ビルヒ、ヒルシュフエルド、シュミットをはじめ、軍医数十名が参会する

六月十五日　父より書信が来る。弟妹の手紙の他に米原綱善の書簡もある。この日石黒忠悳へ通信する

六月二十二日　写真を入れて父へ書信を送る

六月二十四日　ヨハンニスターク（夏至の祭）。日記にヨハンニスタークにつきての見聞を記す

六月二十七日　大学の助手両シュミット及びハイドレンがライプツィヒを去るので、夜その送別のためゴオリスのブリュッヘル苑に行く。狂詩を印刷したものを来会者に配り、同音にて歌わせる。吟歌の間に、雇って来た軍楽隊が合奏する。ビールを飲む。およそ半リットルも入る杯で二十五杯も飲む者も少なくない。林太郎は三杯が限度で、諸生に笑われる

七月一日　父の書信来る。橋本綱常が軍医総監に任ぜられたことなど記してある

七月十四日　ダンテの『神曲』を読む

七月十五日　一等軍医に進級の辞令来る。「書感」と題して、漢詩を一首作る

七月十九日　萩原三圭、佐方潜造と水晶宮苑に行く。晩餐の後、官等昇進の心ばかりの祝いであるから、さらに一盞を傾けて歓を竭されたいと述べて、三鞭酒を勧める。終わって苑内を遊歩する。合奏があり、苑内には多くの遊客があった

七月二十五日　旧師ベルツがまたライプツィヒに来て、林太郎の業房を訪ねる。近く日本に赴くという。夜、父の書信至る。石黒忠悳の書も同封してある。この日、正七位に叙せられる

七月二十七日　徳停客館の園中に花燈会を開くと聞いて、夜見に行く

七月三十日　夕方、友人たち（ワグネル、ヒヨオゼルら）とプライセに遊ぶ。午後八時家を出て槍橋に着く。河岸の処々に今戸の渡口の渡守の板屋の如きものがある。ここで舟を借りる。舟は日本の競漕に用いるものに似ていて、進退を識別するため、舟首に黄燈、舟尾に赤燈がつけてある。河幅は狭く、舟二つがようやく通ることができる。多くの人が遊んでいる。そのほとんどは美人を乗せ、風琴を奏し、あるいは唄を歌っている。十五、六の少女が巧みに舟を漕いでいく。君はかの女児に愧じないかと言われ、それならばと林太郎も棹をとったが、はじめはうまくいかない。数十分の後にようやく上手になる。水上に架した酒亭がある。そこで舟を繋いで、魚を求めビールを飲む。その後舟に戻り南行する。行くほどに別世界に入った思いがする。コンネキッツの近くで舟を回し、夜十二時家に帰る

八月二日　米国人トオマスと逍遥園を周り、帰途その居を訪い、オッペンハイメル酒を飲みながら話す。トオマスは性質が温和で言葉に虚飾がないので、林太郎は気に入っている。話がたまたま結婚のことに及ぶ。トオマスは終身結婚しないというのでその理由を聞くと、我家は代々肺の病で死んでいる。患の子孫に及ぶのは忍び難い。故郷に一少女があって私の帰国を待っており、手紙の往復は今も続いている。結婚を求められているのだが、右の事情で返事が出せないでいると言いながら、写真を出して見せる。林太郎は、今はコッホが結核菌を発見した時勢だ。君の体は今健全だから、強壮な婦人を娶って強壮な児女を得て育てることができようと励ます。トオマスは博言学を修め、教育学館の仕事に従事しようとしている。この夏試験を受け、終われば郷国に帰る人である

八月三日　谷口謙より官署組織が変わったことを知らせる書信が来る。大学での同級生江口、賀古、小池の近況も書いてある

八月八日　この日、学校を鎖じる

八月九日　トオマスと新たに米国より来たトオマスの一友人と、ロイドニッツの城窖という舞踏場に行

く。またこの日、ホフマンの家を訪ねるが旅行中で不在だった

八月十日　ベルリンの田中正平より書信来る。その一節に、最近羅馬字会が書法を改めたので、その要領を君に知らせようと思いながら果さないでいるうちに、新しい書法によるローマ字書きの君の書信に接した。すでに君は新しい書法のことを知られたと見える、とある。しかし、林太郎は羅馬字会の新書法を知って書いたのではなかった。ヘバアンの法に依って、一種の写音を試みたところ、偶然符合したのである

八月十三日　ホフマン及び軍医ウユルツレルの家を訪ねるに留守で会えず戻る。佐方が、一昨日途上で、ウユルツレルの車で行くのを見た。同車の人のある無しはわからなかったが、避暑に出かけたのではないかという

八月十五日　ベルリンより穂積、樋山、佐藤ら三人が来る。穂積は八束、樋山はもと判事で、ベルリンで法律を学んでいる。佐藤は米国留学生で農業を専攻している

八月十六日　前日来遊した三人とナポレオン石を見に行き、コンネヰッツを経て帰る

八月十七日　朝、穂積が来て別れを告げる

八月十八日　避暑に出向いていたルチウスが帰ってくる。この頃、顕微鏡を買い入れる

八月十九日　夜、ポーランド人のクペルニック、ラツニンスキイと水晶宮に行き、音楽を聴く。トルコの人エリイ・バルナタン、マリオンと語る。バルナタンはパリで教育を受けたという美貌の風流才子で、市楽堂で音楽を学んでいる。マリオンはリヨンの商人で楽人である

八月二十日　午後、クペルニックの居を訪ねる。次いでホフマンの家を訪問するが不在であった（夫人在宅）。この日、ステンフォオスという英国婦人と昼食で一緒になる。年十七、八で美貌、漆黒の髪をしている。市楽堂に音楽を学ぶ人である

八月二十二日　夜、フォオゲルとステンフォオスと同道して、拝焉停車場へ奏楽を聞きに行く。寒気のため奏楽なし。夜半、宿に帰ると、ベルリンの榊俶が来て待っている。榊はウユルツブルグに行き、帰

途訪ねて来たのであった

八月二十三日　昨年のこの日は、故国を出発した日である。早いもので一年経つ。萩原三圭に会い、思い出話をする。サスニッツの浴場に避暑中の米人トオマスに書を出す。夜、榊、フォオゲル、ルチウスとともにパノラマ及びキッチングとヘルビヒの酒店に行く

八月二十四日　夜、榊等と米飯を炊いて食す

八月二十五日　榊俶がベルリンに帰る。試験室でホフマン及びウユルツレルに会う。ウユルツレルはこの日の午後、避暑地より帰ったところである。夜、佐方と徳停客館に行く、隣席に印刷業のベンシュという名のドイツ人がいて、最近一薬店のために漢文の票文を印刷したなどと話している。よく聞いてみると、林太郎が薬店に頼まれて訳したものであった

八月二十六日　午後五時、サクソン国の兵部卿より王の允可が下りたので、ドイツ第十二軍団の秋季演習に参加せよとの通知が来る。行李を詰め、出発準備をする

八月二十七日　午前十一時二十五分発の汽車でライプツィヒを発つ。ドイツの村落は今まで見たことが無いので珍しい。十二時、マッヘルンに着く。ここで歩兵第百六聯隊第一大隊に付随するため下車する。ウユルツレルの兵僕が停車場に迎えてくれる。行李を託し、宿舎のパウル・スネットゲルの城居に入る。ロオゼンタアルに劣らず広々とした苑は白木槿の花盛りである。主人夫妻の他娘三人（スネットゲル、ワルテル、バアゼル）も座にある。楼上で昼食をとる。午後、打毬戯をする。終わって庭を逍遙し、スネットゲルの案内で苑中の一塔に登る。登覧者名簿に署名する。三人の娘が池に舟を泛べて遊ばんとしたが、既に昏刻となり果たさなかった。晩餐の時に主人が演説し、シャンペン酒を傾けて諸将校の健康を祝した。林太郎らもまた杯を挙げて一族の繁栄を祝った。午後十時半、眠りに就く。この夜、城中に宿泊したのは、大隊長少佐ワグネル、大尉フォン・オヨオル、一等軍医ウユルツレル、少尉ビイデルマン男爵と林太郎とであった

八月二十八日　午前六時、大隊長ワグネル部下を旅宿の前に閲して出発する。七時、林太郎はウユルツ

レル及び主計官ファルクネルと馬車でトレブゼンに向かう。松の林を抜けると平原で、紅花満目（ハイデクラント）、九時、第一大隊とトレブゼンに合同し休憩する。聯隊司令官大佐ロイスマン、中佐ビュロウ男爵、少佐フォン・リョオベンと相見る。大佐はかつてその家を訪問したことがあって、旧知である。十時三十分、ネルハウに着く。宿舎は太陽客館、実は農家である。少佐ワグネルと昼食をともにする。食後、二、三の士官と苑内の椅子により雑談しているところへ、郵便夫が来て書状二通を渡す。一は故国の父や弟妹からのもので、一は飯島魁よりのものであった。士官らが争って日本の郵便切手を欲しがるので、みな与える。夜、宿舎の階上で開かれた村劇を見る。東京の寄席に似ている。ベルリンの陣中説法僧の劇である。名題の役はメッチェルという俳優が務める。舞台に上った婦人はみな化粧していない。十時三十分、劇が終わったので寝室に入ろうとすると、十字架会員にならぬかと誘われる。林太郎はそれが何物であるかを知らずに戯れに承知する。それより十二時まで戯遊する

八月二十九日　午前七時十五分、大隊とともに徒歩でネルハウを発ち、九時ブリョウゼンに着く。ここで全旅団と合同する。中将フォン・ルウドルフ、少将フォン・チェルリイニイと相見える。チェルリイニイははじめ、林太郎を伊地知大尉と誤認する。十時、砲撃開始、十一時に演習が終わる。十二時三十分、旅館に帰る。午後一時、ワグネルと昼食をとる。青木公使より書翰来る。サクソン陸軍卿の従軍許可書が封入してある。六時に晩餐。隣の席に坐ったのは予備軍大尉ヘルジヒで、ライプツィヒ大学の図書を管理しており、飯島魁と識り合いの人であった。夜、将校たちと骨牌戯をする。この日、一士官に予備少尉ニコライの所在を尋ねる。ニコライはフォオゲルの店で食事をとっている男で、聯隊の第四中隊に属し、演習中林太郎はその宿舎を訪ねる約束をしていたからである。ニコライは脚疾のため、部隊がライプチを出発する日、従行を辞退したという。この日また、木越大尉が演習中鎖骨を挫き、帰休したことも聞く。サクソン王より、ドレスデンでの軍医学講習会参加の允許が出る

八月三十日　日曜日につき演習なし。中佐フォン・ビュロウ、大佐ロイスマンその他将校数十人と昼食をともにする。午後はウユルツレルとムルデ河畔を逍遙する。後、大尉メッソウと同じくウユルシュヰッツ村まで散歩する。照燈時、宿舎に帰着。この日は日曜日のため児童は皆新衣を着ている。ドイツ小都会の風習である

八月三十一日　午前七時十五分に宿舎を出て、デヂッツに近い礫柱山に上る。少佐フォン・リヨオベン、大尉メッソウの率いる仮設敵の陣地にあって演習を見るためである。一老人がその娘と馬に乗って来観する。娘は深碧色の衣を着け、白馬にまたがっている。婦人数名を戴せた衷甸一輛がこれに従っている。一士官がいうに、この人々はドヨオベンの人、フォン・ビユロウの一族で娘が七人いる。その一人はすでに少佐某に嫁している。昨年演習中その家に泊ったところ、主が舞踏会を開いてくれてその一女と踊ったと。十一時、旅舎に帰る。大尉フォン・オヨオル、中尉メエルハイム、少尉ミュルレルと苑内に昼食をとる。午後六時、将校数十人と会食する

九月一日　演習なし。ネルハウ府セダン祭の幹事より、明日午後八時、太陽客館で興行をするので来臨されたいと案内状が来る。明日は露営がある旨を述べて断る

九月二日　午前七時旅宿を出発、七時五十分ブリョオゼンに着く。この日騎砲兵の演習が行われ、国王が来観される。午後一時、ハウビッツ村に接する郊野に至る。しばらくして会計官が数輛の車を率いて来て露営の準備をする。露営の準備のさま、露営の用具などを見学する。夜、露営(テントの中に眠る)

九月三日　午前九時三十分、仮設敵をラアゲヰッツに襲撃する。十一時、ラアゲヰッツ付近に休憩しグロッテヰッツ、シュモルゲッツを経て客舎に帰る。十二時三十分帰着

九月四日　午前六時十五分、大隊とともにネルハウを発し、カンネヰッツにて他隊と会同し、ザルカ村の近傍で敵と接する。十二時ガステヰッツに達し、行李を安頓する。国王より来る一日の招宴状至る。第百七聯隊の将校と晩餐をともにするため午後四時三十分ムッチェンに赴く。九時三十分、ガステ

ヰッツに帰る。この日、予備少尉ニコライと邂逅する。脚疾は全く癒えたという

九月五日　大隊とともにガステヰッツを出発、仮設敵として、ラアゲヰッツの近傍に南面して陣を構える。南軍はチッソパハより攻撃し来る。演習畢る。道をブリョオゼン、グレシュヰッツにとりドヨウベンに至る。途中で雨に遭う。宿舎である古城に入る。城の直下を鉄道が走っており、対岸は浅茅生の原で岸辺に数百本の柏の木がある。城主はフォン・ビユロウ。六人の子女が出て挨拶する。マリア、イイダ、トオニイ、アンナ、ヘレエネ、他に一人。晩餐後、撞球に興ずる。同宿者少佐ワグネル、フォン・ビイデルマン少尉、大尉ヘルジヒ、ウユルツレル。この日、ベルリンの公使館より書状が来る。サクソン王より允許状（ドレスデンでの冬季軍医講習会参加を許可する旨）が出た知らせであった

九月六日　午後二時、国王の招宴に赴くため少佐ワグネルと馬車でグリムマの猟堂に行く。猟堂は頗る宏壮で会する者百三十余人。将官と佐官ばかりで、林太郎は外国将校のゆえこれに与かる。来集の軍医には、軍医監ロオト、軍医正ドヨオレル、チムメルその他軍医正七人。食事が終わって後、国王が林太郎の前に立たれる。林太郎は起って敬礼する。王は、ドイツへ来ての感想、また来遊の目的につき問われる。林太郎は簡単にお答えする。ロオトは林太郎を連れてゲオルグ王の前に行き、王と数語を交す。兵部卿フォン・ファブリイスとも語る。スウェーデンの一大尉とも話す。終わってから大佐ロイスマン、少佐ワグネルと猟堂を出て金獅客館に行く。数百の児童が（日本人を珍しがって）林太郎について来る。ロイスマンが大声で制してやっと離れる。夜、ワグネルとともに城に帰る

九月七日　未明、ドヨオベンを出発。ワアゲルヰッツ村の近傍にて演習を行う。騎兵が、林太郎の行動をともにしている軍隊を襲撃したため物議を醸す。この日は軍医正リュウレマンと馬車に乗り、演習を見る。演習の終わりに近く、リュウレマンと別れて、ワアゲルヰッツ村に入る。ウユルツレルがあるいは村にいるかも知れぬと思ったからである。一酒亭の前で、少女に話しかけられる。ムッチエンに至る。

小間物商チイラックの家に投ず

九月八日　午前七時客舎を出、大隊とともにギョットキッツの近くで小憩する。それよりロッテリッツを経て、イエゼヰッツの近傍で演習する。一時ムッチェンに帰り、ベルゲンの酒店で小酌

九月九日　午前七時、大隊とともにムッチェンを離れてキョルミッヘン及びメルシュヰッツの北に陣をとる。後、ガステヰッツの近傍に至る。十一時、演習が終わってからガステヰッツの酒店に飲む。午後一時、ムッチェンに帰る。山根大尉が石坂惟寛の書をもたらし来る。夜、宿舎の親族の娘オルハアとその伯母とがステレオスコオプを携えて来る。図を見て談笑する

九月十日　演習なし。午後二時、大佐ロイスマン以下将校十人と会食する

九月十一日　午前七時、ムッチェンを出発。八時三十分ラアゲヰッツの近くに至る。十二時演習畢り、露営の準備をする。天幕を張る時、急に激しく雨降り出す。撤営の命令出る。撤営してムッチェンに帰ることとなる。天幕を収めて帰途に就く。林太郎はウユルツレルと隊伍に遅れたので、ゆっくり歩いて帰る。ムッチェンに近い松林まで戻った時、黒雲天を蔽い雷霆地に轟き風雨交々至る。助けを求める声がする。見れば六、七歳くらいの村童である。近くの農家の子で、演習を見ようとして野外に出かけた帰りにこの大雷雨に遭い、驚いて助けを求めたのであった。子供をその家の近くまで送ってやり、その後チイラックの家に帰る。夜、大隊長以下数十人と村の小猟堂で飲む

九月十二日　午前六時、チイラック一家に別れを告げて馬車を雇い、ラアゲヰッツに至る。演習が全て終わる。馬車を走らせてグリンマに行く。将校数百人と猟堂に会食する。四時、グリンマを発して午後六時ライプツィヒに帰る。帰途はウユルツレルと同行する。ウユルツレルが、本日は妻の誕生日だから帰ったら演習の無事終わったのと兼ねて祝莚を開くつもりだという。林太郎はいったん下宿に帰って後、すぐに花屋へ行き盆栽一株を買い、人を頼んでウユルツレルの家に送らせる。それよりフォオゲルの店に行く。フォオゲルは酒食を調えて林太郎の帰りを

待っていてくれる

九月十三日　朝、故国の父より書信来る。中に、応渠の手紙も入っており、七月一日の東京大洪水のことが記してある。フォオゲルの店で昼食をとる。食後、ルチウスがその部屋に林太郎を招じ、今月十一日の誕生日に人々より贈られた花卉を見せる。暗くなってからトオマスが浴場（温泉地）より帰る。少将フォン・チルスキー、大佐ロイスマン、少佐ワグネル、軍医正チムメル及び軍医正リユウレマンを訪ねて、演習中の礼を述べる

九月十四日　午前、ホフマンを訪ねて二時間余り話す。午後八時、カッシノに行き、軍医正リユウレマン、チムメル及び軍医ウユルツレルと会食。ウユルツレルは明朝ライプツィヒを発ってドレスデンに赴くという

九月二十七日　ベルリンより片山国嘉が来る。萩原三圭の下宿で日本食を作る。食後ボオレ酒を製し、これを飲んで歓を尽くす。片山が、もと某伯の子フォン・レエマンが日本人学生を夫に持たんとして策を弄し、失敗したことなどを話して聞かせる

九月二十八日　午後三時、ドイツ婦人会の第十三回総会の傍聴に行く。会場はクラアメル街第四号。参加者は数百人だが、男子は十人ばかりである。カッセル府の人カルムなどの演説を聴く。会の志すところは、主として救恤と看護にあるという。午後六時閉会。十時、停車場にブラウエンより帰るフォオゲルを迎えに行く

九月二十九日　午後三時、フォオゲルの娘ニイデルミュレルと婦人会総会の傍聴に行く

九月三十日　午後四時、ライヒス・ストラアセの酒店でウユルツレルと会い、ミュンヘン宮醸造を飲む

十月一日　井上哲次郎がハイデルベルヒからライプツィヒに移って来て、林太郎の勧めでフォオゲルの家を宿にすることに決める。井上とは初対面である。井上は、携えて来た某詩集及び東洋哲学史の草稿を林太郎に見せる。

十月二日　井上を宿に訪ねる。荒木卓爾がベルリンより来る

十月三日　樫村清徳がウインより来て、林太郎の下宿に泊る

十月四日　樫村、井上、萩原、佐方と水晶宮に遊び影戯を見る
十月五日　樫村を停車場に送る。夜、第百七聯隊のカシノに行き、カルヒの演説を聞く
十月六日　近くライプツィヒを去るため、一年間の英語の授業がこの日で終わる。師イルグネルの少なからぬ恩誼に対し、別に金円を贈って謝意を表す
十月十日　「日本兵食論大意」を書き上げ、石黒軍医監に送る。父へ明日ライプツィヒを去り、ドレスデンに赴く旨の手紙を出す
十月十一日　夕方の汽車でライプツィヒを去り次の留学地ドレスデンへ移るため、ホフマンの家を挨拶に訪れるが旅行中で会えず。一等軍医ウユルツレルにも会えず。フォオゲルの家では一同別れを惜しむ。ルチウスが林太郎の写真が欲しいというので与える。クリスマスの休暇には必ず来ると約束する。午後六時十五分、汽車に乗る。萩原三圭、佐方潜造、スコットランド人のフェヤキザア、メキシコ人のトオマスが停車場まで見送ってくれる。八時三十分、ドレスデンに着く。五月に泊ったことのある四季客館に入る。宿の主人が林太郎の顔を覚えていて挨拶される。日曜日のため旅館の食堂に来客が多い
十月十二日　午前十時に軍医監ロオトを訪ねて挨拶する。兵部省、参謀本部の到着簿に記名する。十二時、衛戍病院で(ザクセン軍団冬季軍医学講習会の)開会式があり、講習会の諸教官、これに与る諸軍医に挨拶する。宿に帰って後、窓より街上の敷石を補繕するさまを見る。夜、古市の宮廷戯園に行き、スクリーブの「アドリエンヌ・ルクウヴルール」を見る。女優ウルリヒがアドリエンヌに扮している
十月十三日　講習が始まる。教授ネエルゼンの剖観法の講義を聞く。講習第一日が終わって後、画廊及びイタリ画歴代画展会を見る。午後四時、エルベ河の南岸アウグスツス橋の畔のグローセ・クロースターガッセ十二号三階（未亡人バルトネル所有）に宿を定めて移る。広い居室と小さな寝室がある。ライプツィヒの下宿に優る。居室には銅版のファウストとマルガレエテの図が掲げてある
十月十四日　軍医正ステッヘルと一等軍医シルの講義を聴講する。夜、ロオトと僧院大街のレンネル酒

店に行く
十月十五日　軍医正ベッケル、一等軍医ゼルレ、一等軍医フイッシェル、軍医正ヘルビヒの講説を聞く。この日より、ロオトの軍陣衛生学講義も始まる
十月十六日　講習会場へ行き、講義を聴講する。夜、索遜客館でアンナ・ハアヱルランドの朗読を聞く。「デル、ヰルデヱ、ヤグト」の一篇で、抑揚頓挫の妙に感心する
十月十七日　ドレスデン府の壮大な兵器庫、戎衣庫、兵車庫などを見る
十月二十日　ドレスデン府の武器庫中、銃砲を蔵する庫を見る。庫には、鷹の羽の徽章の付いたわが国の維新前の小銃もあった。この日、正七位の位記を受領する
十月二十三日　初めて炉を開く
十月二十四日　澣衣廠とパン製造所を見る。防腐パンがある。薄片鉄中に入れ、空気が通わないようにして焼いたもので、鉄筒は截って副木に代用できるという
十月二十五日　衛生司令部に奉職する三等軍医ヰルケとロオトの家で昼食する。ヰルケは美貌の才子で、フランス語とスペイン語に堪能であり、近頃は英語も学んでいる。辺幅を飾らない人柄で林太郎はたいへん気に入っている。ロオトの家を辞しての帰途、大学麦酒廠に飲む。ヰルケの友人である代言人のヰルケと識り合いになる。ヰルケの名の由来するところを聞くと、「ヲルフ」（狼）の義なりと代言人ヰルケが答える。三人とも大笑する
十月二十八日　夜、勝利神堂に行く。ライプツィヒの水晶宮に似ているが少し劣る。電気燈の機関を見る
十月三十日　地学協会に行き、ロオトの「麻拉利亜地方論」の演説を聞く
十一月一日　ブリュウル磴で音楽を聴く
十一月六日　囚獄を見る。下宿に帰ってから建物の構造や通気等の感じたことを「日記」に記す
十一月七日　初めて輦下戯園に遊ぶ
十一月八日　ロオトに晩餐に招かれ家に行く。ロオトは家族を持たない。可愛がっている犬が卓に近づいて食物を求めるので林太郎は肉を与える。ロオトが林太郎の軍服を見て、ブラウンシュワイヒで以前

このような服を用いていた。要するにイギリスの軍服にフランスの等級章をつけたもので、自分は甚だこれを見ることを好むという。日本画二幅を出して見せてもらう。一室に仏壇のようなものがあり、ロオトが扉を開けて中を見せる。写真数百枚が懸けてあった。フランスとの戦いの時のロオトの部下だった医員の写真で、すでに死んでいる者が多いと話す

十一月十日　軍医正ステッヘルに招かれて、第二グレナヂイル聯隊のカシノに行く。三鞭酒も肴も結構で満足する

十一月十三日　府の病院を見学する。会議室の壁に中国の絵を貼り、天井に東西南北、春夏秋冬等の文字が彫ってある。その意味を解する者がいないので、林太郎が訳して聞かせる。この部屋は往時ナポレオンが宿泊したところだとある。消毒室を見る。園内に希臘海神の巨像が置いてある

十一月十四日　夜、初めて新市の戯園に行く

十一月十八日　ロオトの家で晩餐

十一月十九日　ドレスデン衛戍病院で開催された、第百五十九集衛生将校会に出席する。会頭はロオト及びフリイデリヒ。一等軍医パルメルが、「参謀旅行中衛生将校の作業」という題で演説する。林太郎は客員として、「日本陸軍衛生部の編制」と題して演説する

十一月二十二日　午前、一等軍医ミュルレル、三等軍医ヰルケとシュウマンの酒店に会し、ヰルケと馬車を雇って大苑を遊覧する

十一月二十三日　夜、両ヰルケと麦酒廠に行く

十一月二十四日　この日から軍医ヰルケにスペイン語を学ぶ

十一月二十五日　ロオトとプロシア海軍副医官ワイスとアウセンドルフ食店に会食する

十一月二十六日　民類学展覧場に行く。館長マイエルと相識る。医学士で博物学及び民類学に従事している人物である。印度地方に赴いたことがあり、その時に持ち帰ったものが館内に多く陳列してある。マイエルは辺幅を飾る人で、林太郎の好まない型の人である

十一月二十七日　夜、ワイスの演説を聞くため地学協会に行く。東海に航した折の話を聞いていて不快

を覚える

十一月二十八日　夜、ロオトの会合でカシノに赴く。帰途、プロシアの軍医正ハイルマン及びキルケと中央骨喜堂に立ち寄る

十一月二十九日　木越大尉がケムニッツより来る。早川大尉の家で米飯を炊く

十一月三十日　木越大尉が帰る

十二月一日　ドレスデン府のガス製造所を見学する。

十二月二日　夜、軍医正クリインの会合に赴く。夫人及び息ルウドルフを見る

十二月三日　午後一時、病院を出てエルベ河上流右岸の森城に昼食をとり、サロッペでロオトに会し、同行してドレスデン府水道の泉源を見る

十二月五日　夜、ドレスデン医学会に行き、某医の演説を聞く。小児の腹膜炎に特発のものがあるというだけの話で失望する。ネエルゼン、ズスドルフ、ステッヘルも来会している

十二月六日　一年志願医トレンクレルとリンケ混堂に昼食をとる。食後、車を雇って郊外のロシュヰッツに行く。村にシルレル屋がある。シルレルがその友キヨルネルのところに寄居して「ドン・カルロス」の筆を下したところで、壁上の小板にそのことが記してある。レナルドを訪ねる。レナルド、その夫人、嫡子中尉マックス、次子某が出て来て、林太郎を迎えてくれる。コーヒーを飲みながら談笑する。娘フリイダも出て挨拶する。しばらくして親族の少年で中学生のエミイル・フォイグトが訪れて、日本の風俗について質問される。レナルド夫人が、早く娘の嫁入姿が見たいものだなどという。晩餐の後、廊下に出てエルベ河を望む。西方に万点の燈火が水に映っている。ドレスデン府の燈火である。夜半、辞して帰る

十二月七日　課業後、ゲエヘ工場を見学する。煉薬の法はすべて蒸気機械によることを知り、その壮大さに驚く。夜、工学校に行き、電気燈の現況と題するハアゲンの演説を聞く

十二月八日　中尉ショオンブロオトの招きに応じ、工兵営のカシノに晩餐をとる

十二月九日　タラントに留学中の山林学生二人来訪。夜、軍医ヰルケと曲馬戯を見に行く

十二月十日　夜、カシノでヘルビヒの演説を聞く。初めて「プウドレット」（乾きたる糞の版）を見る

十二月十一日　午後、ポストプラッツより鉄道馬車でプラウエンに行き、汽機製麵場を見学する。夜、地学協会でロオトの演説を聞く。ロオトはアフリカにいる一等軍医ヲルフの書翰を朗読し、その現状に基づき拓殖地の未来を論じる。終わってロオトと晩餐をとり、エムマ酒を飲む

十二月十二日　夜、ビョルゼンザアルで、ゲエヘ・スチフツングの演説を聞く。演者はキルヒホッフ、演題は「海外なる独逸国の保護地」。演ずるところは昨夜のロオトと大同小異であるが、ロオトの演説の方が着実にして毫も飾らず、声の抑揚等が巧みである。その後、キルヒホフ、ロオト、エヱルス等と酒亭ショップフネルに行く

十二月十三日　午後五時、衛戍病院カシノで、ドレスデン府軍医の妻女と許嫁女の組織する婦人会の第一回集会があって行く。会長はクリイン夫人。この会には夫婿、未婚の軍医も参加を許される。ロオトが祝辞を読む。婦人中第一等の美人はエヱルスの夫人であった。会果てて後、軍医正ニコライ、軍医バルメル及ヰルケとアンゲルマン酒店に行き、麦酒を飲む。夜半帰宿する

十二月十四日　夜、工学校に行き、トヨブレルの演説を聞く。投影器を用いて話す。終わってヰルケとポルレンデルに行く。法学士ズッツレエブ、医師シュッチエンマイステル及びゲリヒツラアト・ヰサントが先に来て待っている。麦酒を飲んで談笑する。午後九時三十分下宿に帰る

十二月十五日　三等軍医ラアゲストックと同トレンクレルに誘われ、オストラ・アルレエの楽堂に行き音楽を聞く。帰途、ヰルスドッフェル街の仏国客館に飲む

十二月十七日　歳暮転勤する医官らが会同し、衛戍病院のカシノに飲む

十二月十八日　夜、軍医正ニコライの招きに応じ、猟兵大隊のカシノに行く

十二月十九日　中尉ショオンブロオトとアウセンドルフ酒店に会飲する

十二月二十日　夜、早川大尉とともにアンゲルマン

酒店で飲む

十二月二十三日　フォオゲルとの約束に応じ、午後二時ドレスデンを発ってライプツィヒに赴く。ヰルケと同行。宿を彼得街の魯国客館にとる。夜、萩原三圭を観象街の下宿に訪ねる

十二月二十四日　朝早く、ホフマンの家を訪ねるが不在。父兄の家に行くヰルケと別れる。名を匿してフォオゲルに贈物を送って後、午後六時その家を訪ねる。扉を開いたリイスヘンが、ドクトルが来たと歓声をあげる。フォオゲルが庖厨より出て喜び迎える。本日届いた贈物は何人からか誰もわからなかったが、君の可愛がっていた少年ワルテルだけは、君の筆札だと解したという。巽軒、津城、ニイデルミユルレル、ルチウスらが出て来て、林太郎が降誕祭には来訪するという約束を守ったことを喜ぶ。ニイデルミユルレルが、いつライプツィヒに着いて、荷物はどこに置いてあるかと聞く。昨夕着いて荷物は魯国客館にあると答えると、どうしてそう水臭いことをするのか、明朝は必ずここの一室に移ってほしい。昨日朝から掃除をして来訪を待っていたという。実は同行者があったので、別に宿をとったのだと詫びる。ハルレにあって経済学を修めている郷誠之助と知り合う。誠之助はハイデルベルヒで津城と同宿したことがあるので、クリスマスの休暇をともに過ごすために津城を訪ねて来ているのであった。快濶な少年で、好んで球を撞く。やがてクリスマスの贈遺が始まる。フリイダとオットオの二児が並び立って降聖詩を暗誦する。贈遺が終わり晩餐会が始まる。かつてシュライデン夫人の家で知り合ったトリエストの人、シュワアブ夫人も座にある

十二月二十五日　ニイデルミユルレル（フォオゲルの娘）の家に移る。ニコライ、マイの二人と別室で食事をとる。そのあと廊下ですれちがったリイスヘンが、今日はなぜ別室で食事をしたのか、ルチウスも不満に思っていると言って、逃れるように去っていった

十二月二十七日　大学衛生部を訪ねる。ライヘンバハ（大学の用務員）と会う。ホフマン師はニュルンベルに行ってまだ帰らず、ウユルツレルはドレスデンにいるという。夜、井上哲次郎とアウエルバハ窖

に行く。ギョオテの『ファウスト』を漢詩体をもって翻訳したらどうだろうなどと話し合い、巽軒は君ひとつやってみないかと勧める。林太郎は戯れにやってみてもよいと答える

十二月二十八日　かつて下宿した家の女主人ヲオル夫人を訪ねる

十二月二十九日　田中正平がベルリンより来る

十二月三十日　昼食の時、本日ドレスデンに帰ることを話す。散じて後に、ルチウスとリイスヘソンが林太郎を一室に招き、新年をここで迎えるよう強く勧めるが、林太郎は二十六日にドレスデンへ帰るつもりで来ていたけれども、あれやこれやですでに八日も滞在しているからと、名残りはつきないが強いて別れを告げる。店に働く誰もかれもが別れを惜しんでくれる。その後、ニイデルミユレル、ルチウスウらとコーヒーを飲みながら、人間会うは別れのはじめなどの話をしてから、車を雇って停車場に向かう。宮崎道三郎が駅まで見送ってくれる。午後六時十五分ライプツィヒを発し、八時十五分ドレスデンに帰り着く

一八八六年（明治十九）　満二十四歳

一月一日　午前零時、両キルケ、尉官ションブロオト、商人オットオ・ライン、主婦アウセンドルフ、その親戚の少女アンナア（綽名ビムス）の六人と、大僧院街の旗亭アウセンドルフにボオレ酒の杯をあげて新年を迎える。一時を過ぎて帰宿。午前九時に起きてコーヒーを飲む。故国の家では今頃、祖母や両親をはじめ弟妹一同が会して雑煮で祝っているであろうなどと思う。ドレスデンの市街はみな戸を閉ざしてまだ眠っている。午後二時、新年の祝賀の言上に王宮へ赴く。アルベルト王は直立して礼を受けられ、礼者は王の面前二歩のところまで進んで拝する。午後八時三十分、アッサンブレエのため再び王宮に赴く。王は王妃とともに出て礼を受けられる。菓子とコーヒーの饗応を受けて退出する

一月二日　故国の父から書信が来る。両親、祖母、弟妹へ新年の賀詞を送る

一月三日　石黒忠悳の書信が来る。「軍事を学ばん

とて多く日を費すこと勿れ。宜く普通衛生の一科を専修すべし」とある

一月四日　軍医監ロオトの家で一週五時間日本語を教授することになり、出かける。マイエルとヰルケも聴講する

一月五日　講習会再開

一月六日　午後零時三十分、ロオトとファブリイス伯夫人を訪ねる。夜、グレエフエ、ヰルケの二人と酒亭クナイストに行き、甘美なエルランゲル麦酒を飲む

一月七日　父の書信が来る。次弟篤次郎へ欧文の手紙を出す

一月八日　夜、地学協会に行く

一月九日　ロオトとシュウマンの酒店に会す

一月十一日　夜、ファブリイス伯及び夫人の招きに応じ、大臣官舎の夜会に行く。八時三十分官舎に着き、軍医正チイグレルとともに室に入る。夫妻に迎えられる。ファブリイス伯が、森君は先頃の衛生将校会にドイツ語で演説をしたと聞くがまことかと問う。いたしましたと答えると、余は聞けなくて残念であったという。来客は七百人ばかり、世に聞こえた人が多い。九時三十分、サクソン王が近衛の服を着けて臨会され、近衛騎兵聯隊の楽手が楽を奏して迎える。十時三十分、散会

一月十三日　夜、王宮の舞踏会に赴く。八時半に始まり夜半の一時半に終わる。貴顕の来賓六百人。午後十一時、晩餐

一月十五日　地学協会に行く

一月十七日　志賀泰山がタラントより来る。ヒヨオムを伴い、ともに劇を見る

一月十八日　夜、ヰルケ、グラウベ、トイヘル、ブリイムヘンとポルレンデンに会合する

一月十九日　ドイツへ来てから二度目の誕生日。満二十四歳となる。ロオトが、本日は君の誕生日だから、祝宴を開こうと思うが時間がとれない。明晩八時三十分、家に来てくれぬかと言って招く。林太郎は喜んで応諾する。下宿の主婦ドルトネルより自作手編の履を贈られる

一月二十日　夜、ロオトが自邸で林太郎誕生日の祝宴を開いてくれる。来賓二十余名。ロオトは祝いを

述べたあと、蓋に、「一八八六年一月十九日の記念のため一等軍医森林太郎に贈る　ヰルヘルム・ロオト」と彫った麦酒盞、村婦牡牛の置き物一、暦本一、キョオニヒ著すところのドイツ文学史一巻を祝品として林太郎に贈る。十二時三十分頃散会する

一月二十一日　夜、カシノに行き、ミュルレル及びエヱルスの演説を聞く

一月二十二日　ベルリンの中浜東一郎より音信来る

一月二十六日　医師ヰルケの誕生日。バイロンの詩集一巻を祝いに贈る。中浜東一郎がベルリンより来るので停車場へ迎えに出る。中浜を四季客館に泊らせ、城街にあるヘルマン酒店に伴い一酌する。酒店の主婦は名をベルタと言い、すこぶる美人である。この日、ロオトより写真を贈られる

一月二十七日　中浜と劇を見に行く。その後、ロオトがスウェーデン人某等とアウセレドルフにいると聞いて行く

一月二十八日　中浜がライプツィヒに赴く

一月二十九日　地学協会に招かれて、「日本家屋論」と題して演説する。演説者は林太郎一人であったが、新聞に広告したため来聴者満員の盛況で、酒を売る少女エンマが多く売れたといって感謝する。タラントの志賀泰山も来聴する

一月三十一日　午前十一時、王宮に赴き新任士官とともに王妃に拝謁する。夜、工兵士官二、三人と援馬戯を見る。この月、ギョオテの『ファウスト』全巻通読

二月二日　ライプツィヒの萩原三圭より来書。明治十七年二月午日、午時に生まれた豚児午生のため一詩を作りて寄せられたしとある。よって数句を成し郵送する

二月三日　父の書信来る。賀古鶴所の病、すこぶる篤しとあり。驚くとともに大いに心配する。その後の賀古の病状を問うため、折り返し父へ書信を出す。

二月五日　ギョオテの劇「ファウスト」の上演を見に行く

二月八日　夜、ヰルケらと円錐戯会の創業式に行く

二月十日　宮中の舞踏会に赴く。フォン・ビュロオの娘イイダに再会する

二月十二日　少将シュウリヒの招きにより、新街カ

シノの舞踏会に行く。大佐ポルポルチウスと法官キイサンドの娘たちと知り合う。ポルチウスは豊頬の女子で、かつてドレスデンに客となった日本人の名を誤りなく記憶している。キイサンドは明眸皓歯、唱歌を善くする。この日初めて『ファウスト』を読むことを許されたという。グレエトヘンの事があるので禁じられていたのであろうと思う

二月十四日 夜、一等軍医エヱルスの会合に招かれて行く。ロシア軍医ワアルベルヒ、中佐ナウンドルフらも同席

二月十五日 夜、マインホルト堂に音楽を聴く。知り合いの舞師エルキッツが、楽人オイレの窮を救わんとして開いたもので、エルキッツに声をかけられて行く

二月十七日 夜、彼得堡客館の舞踏会に行く。ルウドルフが隣の卓にいる

二月十八日 夜、カシノでワアルベルヒが演説をするので聞きに行く

二月十九日 ベルリンで開催のプロシア軍医会に出席するため、午後二時十五分ドレスデンを出発する。同行者はロオト、ヰルケ、ワアルベルヒ。五時半にベルリンに着き、ロオトの常宿である莫愁客館に入る。軍医雑誌の記者一等軍医グルウベと語る。後、プロシアの軍医五、六人とパウエルの骨喜店に会し、戯園ライヒスハルレに同行する。夜十一時、ロオト等とフウト食店に会する

二月二十日 公使館に行く。小松原英太郎を訪ねたが会えず。ラアゲルストリヨオム夫人の家に行く。長井長義や河本も来ている。その後、ロオトに随って陸軍省に行き、軍医監コオレル、一等軍医キヨルチング（旧識）に面会する。午後五時、帝国客館の大集会に出る。ドイツ国軍医総監兼侍医のラウエルを初めて見る。来賓としてバルデレエベン、コッホ等出席。酒間に演説がある。出席の外国軍医として、ワアルベルヒ、米国軍医某、林太郎も祝辞を述べる。軍医正ミュルレルが林太郎の前に来て林太郎を大いに賞讃し、一同に向かって大きな声で、わが養いし所の学生なり、と叫んで得意の色を見せる。ミュルレルは、東京大学医学部が東京医学校であった当時、校長をしていた人である。散会後、皆で国民骨喜店

に行く

二月二十一日　トヨップフェル食店で朝食をとり、公使館に行き、小松原英太郎と協議する。それより三宅秀を砲兵街に訪ねるが、留守。三浦、榊、加藤、河本、隈川、青山、北里、田中等を雅典食店に招いて饗応する。北里が三学部（東京大学の法、理、文学部）の卒業生は医学部の卒業生を蔑視していると言ったことが原因で論争になったが、田中がこらえて大事に至らずにおさまる

二月二十二日　ヒルシュワルドの店で書物を買う。ラアゲルストリヨオムの家を訪い、長井の婚約者シユウマッヘルと語る。もとアンデルナハの人で、挙止閑雅な婦人である。その後、田中を訪ね、昨日北里の言に忍耐して口論が大事に至らなかった礼を述べる。ともに輦下戯園に行く。ドュマアの新作「デニス」を上演しているのを見る。帰りは汽車に乗ってフリイドリヒ街に至り、バウエル骨喜店で加藤に会し、夜、旅館が遠いため加藤の下宿に泊る

二月二十三日　田中正平を訪ねる。田中より写真とブリョルスの戯曲及び演劇史二巻をもらう。午後、旅館に帰り、五時三十分ベルリンを発して八時三十分ドレスデンに帰着する。三浦がアンハルト停車場まで送ってくれる

二月二十四日　夜、一等軍医ミュルレルの会合に行く。ミュルレルは以前ライプツィヒでホフマンの助手だった人である。来客の中で書籍館吏のホヨオブレル夫妻と知り合って、林太郎はホヨオブレルと日本の風俗について語り合う

二月二十五日　先日北里の言に田中正平が寛容であったことを謝したことに対し、田中より写真及び書籍二冊をもらったので、返礼としてフライタハの著、祖先録に句を題して贈る

二月二十七日　この日、五カ月にわたる軍陣衛生学の講習会が無事終了する。夜、アウセンドルフの酒亭で三等軍医ヘッセルバハの送別会を行う。ヘッセルバハは顔面縦横に刀痕を持ち激怒し易い性格であるが、篤く神を信じ厳に妄語を嫌う人である。林太郎がキリスト教に改宗しないので林太郎を化外人（Heide）と呼んでいる

二月二十八日　軍医正チイグレルに招かれて行く。

父の書信が来る。天山遺稿の出版のことなどが書いてある

三月一日　小池正直の書信来る

三月二日　夜、代言人ヰルケに招かれて行く。その愛人ベルタ、軍医ヰルケも座にあり。もと旗亭に働いていたベルタは代言人ヰルケと結婚するため、今は学校に入り勉強中で、性すこぶる貞淑な女性である。この日、石黒軍医監に書信を送る

三月三日　今年一月四日よりロオト、マイエル、ヰルケに対して続けて来た日本語の教授が、この日で終わる

三月四日　夜、カシノで諸友と会して、告別の宴を開く

三月六日　夜、地学協会に招かれその年祭に赴く。エドムント・ナウマンが「日本」と題してわが国の地勢、風俗、政治、技芸について演説をする。聴衆男女あわせて三百人余。ナウマンの演説に対し林太郎は激しく不快を覚えるが我慢する。顔色を変えた林太郎を見て、ロオトがその理由を聞いてくる。ナウマンの論は日本将来の開化を願う意があり、すこぶる妥当のように思えるがとロオトがいう。林太郎は、ロオトはわが国の開明の度を知らず、それ故にナウマンの言を以て宜しきを得たりとする。ロオトの有識をもってしてもなおこの如くであるから、一般の聴衆はロオト以上に事情にうといためなおさら誤解するであろう。そう思うと林太郎はいよいよ不快になり、演説が終わって酒宴となっても、飲啖皆味を覚えぬほどであった。ナウマンは林太郎と向かい合った席に坐り、ロオトはナウマンの左に席を占めている。会長某の演説の後、某軍医が諸国婦人社会の現況を述べ、ドイツ婦人の幸福を祝賀して、貴婦人万歳を唱える。次いでロオトが起って遠征の利を述べてナウマンを賞し、遠来の客（ワアルベルヒと林太郎）に及ぶ。ナウマンが答辞を述べる。林太郎はこれを機会に発言を請い、起ってナウマンの説を駁論する。一等軍医エヱルスがその夫人とともに林太郎の傍に来て、荊妻婦人の総代として君の演説に感謝すると言い、一等軍医バアメル、ヰルケらが、それぞれ林太郎の演説を賞める。林太郎は大いに愉快になる。ロオトが微笑して、Immer verschmitzt!

（いつでも悪賢い！）という。そのあと舞踏の会があったが、林太郎は踊れないので帰る
三月七日　シュウマン酒店に早川大尉と昼食をとる。午後三時、ロオトが開いてくれた宴に赴く。陸軍病院長クリイン夫妻をはじめ来客多数。酒間、ロオトは自ら作るところの詩を朗読するが、朗読の中途で万感胸にせまって嗚咽する。林太郎もまた涙を流す。会果てて別れるとき、ロオトは言葉を改め、「余君を見ること他の索遜に来遊せる医官と同じからず。君は実に我良友なり。請ふらくは時々安否を報じ、余が意を慰めよ」と言って別れを惜しむ。ペッテンコオフェルへの書（紹介状）を託される。午後九時に汽車に乗り、ドレスデンを発してミュンヘンに向かう。タラントへ帰る志賀泰山と松本脩、郷里ヘルシングフォルスに帰る軍医ワアルベルヒが同車する。両ヰルケが駅まで見送ってくれる。駅までの車の中で、軍医ヰルケとワアルベルヒと交誼の厚薄を論じ、今より後、兄弟のごとくすることを誓い Du と呼びあう。汽車の中で、話が昨六日夜の地学協会での演説のことにおよぶ。ワアルベルヒは志賀と松本に向かい、諸君は森君に感謝しなければならない。森君は談笑の間によく故国のために冤をそそぎ讐を報じた。駁した所は些細であっても、聴衆をして（ナウマンの）他の議論も多くこのごとく妄誕なることを思わしめた。これは全日本形勢論を駁したるに同じであるという。車中で夜を過ごす
三月八日　夜のひき明けに車窓より外を見ようとするに、氷紋のため見えず。刀を抜いてこれを削ってみる。激しく雪が降っており、汽車はすでにバイエルンの国境を越えている。午前十一時、ミュンヘンに着き、独帝客館に投宿する。それより岩佐新を鐘街の下宿に訪ねるが、不在。カルネ・ワレ（謝肉祭）で、仮面を被り奇怪な装いをした男女が街上を引きもきらず歩いている。夜、ワアルベルヒとゲルトネルプラッツの劇場で観劇して後、中央会堂の仮面舞踏場に行く。林太郎も大鼻の仮面を買い求め被って入る。黒い仮面を被った一少女が林太郎を舞踏に誘う。踊れないのだというと、それでは一緒に飲みましょうと言ってともに酒を飲む。帰途、女をその家の戸外まで送る。女は伯母とともにここに住んでい

る。昼間は冠肉厨に働いている。私の名はバベッテ、一度遊びに来てという。客館に帰ってぐっすり眠る

三月九日　兵部省、軍団司令部、衛戍司令部等へ到着届に行く。軍医総監フォン・ロッツベック、軍医正パハマイルを訪ねて挨拶する。大学衛生部に所長ペッテンコオフェルを訪ねる。助教エムメリヒが先生は自宅におられるというので、輦轂街の自宅を訪ねる。作業室に引見される。ロオトの書簡を渡して従学のことを願い出る。ペッテンコオフェルは、緒方正規は久しく私の手許にあって勉学した。私は深く彼を愛していた。君も正規のようになることを望むと激励する。辞去して宿に戻る

三月十日　衛戍病院に行く。軍医正パハマイルに従って外科室を巡る。軍陣衛生部を見る。長は軍医正ポルトで、急造材料法の試験に従事している。菌学室でハンス・ブフネルに会う。夜、ミュンヘン府医会の集会に赴く。チイムセン、ヰンケル等を見る。医某、飲水のチフス原因説を述べる。ペッテンコオフェルが起って駁論する。痛快を極める

三月十一日　午前に居をHeustrasseに定めて移る。大学衛生部の前で、通学にすこぶる便利なところである。主人は商人で夫妻とも淳朴、十四歳になる一女があって、バイオリンが得意である。十一時に衛生部に行き、ペッテンコオフェルと学科のことを話し合う。レンクに会う

三月十二日　ペッテンコオフェルの書状を持って、大学評議官ノイヒイルを大学本部に訪ねる。夜、初めて宮廷戯園に行く。他に比べられないほど壮麗で、二千五百人を収容する。出し物はジイゲルト作の「クリテムネストラ」。女主人公にクララ・チイグレル、エレクトラにブランドが扮する。堪能して帰る

三月十四日　軍医総監ロッツベック家の昼食に招かれて出かける。夫人はフランス語が堪能である。来客の中にアンゲレル、ロオトムンド夫妻、軍医正ポルト、バイエルン歩兵第二聯隊長大佐某及び大尉某がいる。夜、一等軍医ヱエベルとワアルベルヒに誘われて、初めて輦下戯園に行く。宮廷戯園の隣で甚だ小さく、観客八百人が入れる程度であるが、建築の美しさは宮廷戯園に遜色ない。カルデロンの怪夫人を見て帰る

三月十五日　一等軍医ヱエベル、ワアルベルヒと大学生聯合会「バワリヤ」に行き、その後、コロッセウムに至る
三月十七日　早朝目ざめる。（下宿の）店に働く女が雀に餌をやるため窓を開ける。林太郎がふと戸外に目をやると、テレジア牧場に朝日がさし、半空に屹立したババリアの像が見える。この家に移って一週間、初めて見る景観である。今まで気づくことのなかった己の迂闊さに苦笑する。この日、ペッテンコオフェルがフォイトを紹介してくれる。ペッテンコオフェルと同じく白頭の人だが、師に比べて言動に少し圭角がある
三月十八日　午前七時、ワアルベルヒがベルリンに向けて出発するので駅で見送る。石黒忠悳と石坂惟寛の書信が来る。夜、岩佐新を下宿に訪ねる。新とこの夜から速記法の研究を始める
三月二十日　大学生理学部にフォイトを訪ね、その装置を見せてもらう
三月二十一日　岩佐と酒店サント・ペエテルで昼食をともにする

三月二十四日　バイエルン歩兵第二聯隊の士官とルイトポルド街の酒店ショッテンハンメルに会す
三月二十五日　洋画家原田直次郎を芸術学校街の居宅（カフェ・ミネルバの二階）に訪ねる
三月二十九日　ドームの『スペイン国民文学』を購入する
四月三日　岩佐新と汽機街車に乗って神女堡に遊ぶ。汽機街車は鉄道馬車に似ているが、蒸気で走る。速力はあまり出ない。神女堡はアデルハイド・フォン・サヲエンの創築にかかり、フランス風に模したもので、第二のヱルサイユ城と呼ばれる
四月九日　次弟篤次郎の書簡に、賀古の病気のことが書いてある。再度手術してようやく快方に向かい、本月中には退院の見込みとある
四月十二日　かつてライプツィヒのフォオゲルの店での食事仲間であったポーランド人のクペルニックス（楽人）と邂逅する。ミルラと呼ぶパリの歌妓と漫遊しているという
四月十八日　大佐のベルリイ・デ・ピノ、軍医正ポルト、一等軍医ヱエベルが来訪する。ポルトと話す

うちに話がロオトのことに及ぶ。ロオトは他日ドイツ国軍医総監になる人である。遅くとも皇太子フリイドリヒ殿下の即位の日には任官するであろう。しかし、その負気倨傲は余の喜ばざるところだとポルトがいう。この日、昼食をシュワアンタアレル街の素食厨にとる。この店は素食教（植物だけが人間の真成の食料とする人々）のために設けた料理店で、客が十人（うち女子二人）いる。給仕は女子。醤油を加えない野菜料理で味がない。ここミュンヘンは世界知名の栄養学者フォイトのいる土地なのに素食家の妄説は奇怪というほかはない。当日のメニューを「日記」に記録しておく

四月二十五日　午前六時に下宿を出て、助教エムメリヒをはじめ医学生九人とアンデックスに遊ぶ。汽車でスタルンベルヒまで行き、それより徒歩でアンデックスに至る。四、五の村を過ぎる。村民はカトリックの信者で、路傍にキリスト磔柱の像を多く見る。三時間でアンデックスの丘に達する。住僧に頼んで什宝を見せてもらう。その後、院内の醸房に飲む。林太郎はじめ一同酔う。帰途は車（梯車）を雇う。エムメリヒは毛布を纏い尖帽をかぶり長竿の先にも靴を結びつけたものを押し立てて車首に坐る。学生等ははしゃぎ歌い、興を尽くして帰る

五月三日　大学に入学する

五月二十二日　朝のうち試験所にいるとエムメリヒが来て、本日ヘルリイゲルスグロイトで学生の決闘がある。見に行かないかと誘う。林太郎は喜んで同行することにする。十一時の汽車に乗るために駅へ行くと、容貌魁梧、朱顔白鬚の男に呼び止められる。私は人類学を研究しているヨハンネス・ランケという者だが、君は日本人ではないか、君の写真をもらいたいという。ランケの名はその生理学書を読んで、すでに故国にいた時から承知している。写真はあたのと交換させてほしいと答える。ランケ承知する。別れてエムメリヒと汽車に乗り、決闘のある村へ向かう。決闘を見て、夜、ミュンヘンに帰る

五月二十五日　榊俶がザルツブルグより来る。癲狂院を視察する途中に立ち寄ったという。土地の案内は岩佐に任せる。林太郎は夜、酒店で歓談することにする

五月二十九日　原田、加藤、岩佐とアマリイ街のイタリア酒店に行き、キアンチイを飲みポレンタを食べる

六月六日　午前六時、エムメリヒとミュンヘンを出てテエゲル湖に遊ぶ。汽車でイザアル河を渡りミュンヘン府の水道貯水所のあるダイゼンホオフェンを過ぎ、シャフトラハで車を換え、湖畔グムンドに着く。岸辺で待つ舟に乗る。舵をとるのは女子、湖上の風景はさながら一幅の絵である。頃合いをみて舟を下り、湖畔の酒家に憩う。食後午睡し、夕方ミュンヘンに戻る

六月七日　夜、ペッテンコオフェルに招かれて薔薇園に行く。円錐木戯をする。ペッテンコオフェルの戯に興ずるさまを見て感ずるところがある

六月十三日　夜、加藤、岩佐とマクシミリアン街の酒店に入り、葡萄酒を飲み歓談する

六月十四日　昨夜、バイエルン王ルウドヰヒ二世が、不慮の死（ウルム湖にて溺死）を遂げたことを聞く。「日記」に国王及び国王を助けんとしてともに溺死した侍医グッデンを悼む言葉を記す

六月二十七日　加藤、岩佐とウルム湖に遊び、国王及びグッデンの遺跡を訪ねる。舟の中でペッテンコオフェルとその孫に会う

七月十五日　長沼守敬がイタリアのヴェネチアより来る。緒方惟直の墳墓のこと、妻子のありしことなどを聞く

七月十八日　長沼と神女堡に遊ぶ。途中でチゴイネルの二児に会い、伴って行く。樹蔭でビールを飲む

七月二十七日　長沼、ストラスブルグに赴く

七月二十八日　公使品川弥二郎、その子の弥一郎、近衛篤麿公爵、姉小路伯らがベルリンより来て、拝焉客館に投宿する

七月二十九日　朝、拝焉客館に公使を訪ね、公使と朝食をともにする。ボンに留学中の息子弥一郎は愛すべき少年である。夜、公使の一行とイギリス骨喜店に行き、音楽を聴く。公使が林太郎に麦飯の利害を問う。林太郎は大沢の論を是とし、高木の説を非と答える

七月三十日　朝、公使及び姉小路伯を停車場に送る。午後、近衛公、加藤、岩佐とウルム湖に遊ぶ。近衛

公が加藤と相撲をとる。公は短身肥満、加藤は長身痩躯、見る者はみな笑う。公、加藤を一間余り投げ飛ばす。林太郎は公と競走する。公、勝る

七月三十一日　近衛公と弥一郎を見送るために停車場へ行く

八月五日　永松篤棐がヴユルツブルクより来る。秋琴居士の子で、植物学を修学中の貴公子である。これより先、林太郎と加藤、岩佐の三人は昼食をともにした後、シユワアンタアレル街のフィンステルワルデルの珈琲店に至り、一時間ばかり歓談するのを常としていた。店にダッハウ生まれの給仕女アンナがいて、美人ではないが林太郎ら三人と無駄口をきく。アンナは加藤を美学士、岩佐を悪学士、林太郎を正直学士と呼んでいたが、永松が来たので美学士の称は永松に移り、加藤は無名学士となる

八月七日　七時十五分、スイスへ行く加藤を停車場に見送る。父の書信来る。去る十日、福羽美静の養子逸人がドイツへ留学のため出帆したこと、賀古氏はまだ退院できず、西周先生は先般の病気は治癒したが、とかく疲労回復せず歩行困難とのこと

八月九日　午前七時三十分にミュンヘンを発し、ベルリンへ向かう。わが軍医部が購入するところの器機を点検するためである。レエゲンスブルク、エエゲルを経て、午後三時頃ライプツィヒを通過。今頃フォオゲルの家では晩餐をしているころか、などと思う。夜、ベルリンに着き、カルルスプラッツのトヨップフェル客館に投ず

八月十日　商店に行って器機を見る。午後、三浦信意、田中正平と会い、井上巽軒も来る。詩文を談ず。それよりともに一酒店に行き、興を尽くして帰る

八月十一日　器機の点検が終わり、書を公使館に遺して帰る。昼食後バウエル骨喜店に至り、日々新聞を読む。客舎に帰ると三浦が来て待っている。次いで北里柴三郎も至る。学事を語る。午後八時に別れを告げ、車でミュンヘンに帰る

八月十三日　府の戯園でレッシングの哲人ナターンが上演される。永松篤棐と見に行く

八月十五日　原田直次郎がランドヱエルストラアセに妾宅を構える。相手はカフェー・ミネルバの給仕女のマリイ・フウベルである

八月十八日　晩餐後、コーヒーを飲むために東洋骨喜店へ入る。ハンガリア人のチルチェルに会う

八月二十日　原田、岩佐とグリュウンワルドに晩餐をとる

八月二十六日　初めてソイカと試験場で会う

八月三十日　レエマンが郷里チュウリヒに帰るので、停車場に送る。夜、王国骨喜店に行く。横山又二郎と呼ぶ邦人に会う。地底古物学を修業中の人で、洋服にて日本風の礼を行い、隣席の人らが驚く

八月三十一日　避暑を兼ねて写生をするために、原田直次郎及びマリイとともにミッテルワルドへ赴く。三浦守治がベルリンより来る。一別以来のことを語り合う

九月一日　三浦と宮廷醸家を訪ねる

九月二日　三浦とスタルンベルガーゼー（ウルム湖）で舟に乗って遊ぶ。ルウドヰヒ二世と侍医グッデンを悼む詩を作って捧げる。レオニイにて舟を下り、小憩する。郵便局があったので永松篤棐に葉書を書く。舟のともづなを解き、スタルンベルヒへ帰る。舟の中で日が暮れる。また一詩を作って三浦に示す

九月三日　三浦がリンダウに向かい出発するので発車場に送る。三浦が帰郷後に千住の留守宅を訪ねることを約束してくれる。夕方、一人で汽車に乗りスタルンベルヒに到着し、拝焉客館に投ず。残暑を避け、著述する（「日本家屋論」第二稿）ためである。夜、湖畔を散歩する。岸の常夜燈に夏の虫の幾万となく群がるさまを見る

九月四日　水の中の石級上に朝食をとる。余った蒸餅を投げると、雀が数多く来てついばむ。日の出の景色まことに美しく、舟でレオニイに至り、ここで昼食をとる。星が処々に見えて、甚だ涼しい

九月五日　スタルンベルヒは汽車の往復が多くミュンヘンより喧しいので、舟でレオニイに赴き、レオニイ客舎に入る。湖畔の小園は、栗の木蔭があり、すこぶる意にかなう。チゴイネル族の人々が熊を連れてきて避暑の客を慰める。日暮れに近郊を散歩する。人工の甲虫やゴムの糸を付けた毬などを売っている老人がいる。一つ二つ買って児童に与える。九時過ぎまで月を見て庭に座す

九月六日　永松がドラッヘンフエルスより書信を寄

こす。原田、岩佐らの書も届く

九月七日　ロットマン丘に登る。途中二児を連れて登る人がいて、君は一等軍医某君ではないかと林太郎に呼びかける。バイエルン参謀本部の幕僚の一人であった。丘の上に美しい客舎がある。碑がありその銘に、画工カルル・ロットマン、かつてこの丘に登り、湖上第一勝をなすといったとある。ロットマンはハイデルベルヒの人でミュンヘンで亡くなった人であるが、終生写景に力を尽くしたといわれる。碑の傍らに小苑があり、バラが花盛りである

九月八日　再びロットマン丘に登る。客舎の前で画工で素食家のヂイフェンバハの子供を見る。レモン水をすすめたが飲まず。帰途、丘の半腹で榻上にしばらく横臥する

九月十日　アムメルランド、アムバハを散策する

九月十一日　湖辺に坐して読書する

九月十二日　舟で湖上に遊ぶ。大尉アウグスト・カルル夫妻、その児アルベルトと知り合う。長身明色の夫人はかつてイタリアに遊んだことがあるというので、林太郎は書中で読んだヴェネチアのことなどを聞く。アルベルトはすぐに林太郎に馴染む。大尉はこの日ミュンヘンに帰る。児とその母はなおレオニイに留まるという。客舎は林太郎と同じレオニイ客舎である

九月十三日　「日本家屋論」第二稿が、ほぼでき上がる

九月十四日　加藤がミュンヘンに帰着したことを知らせてくる。ナウマンへの駁論の稿を起こす。リッヒヤルド・スタインという児童が林太郎の部屋を訪ねる。避暑のために父母姉妹と来ているという。利発な子で、妹へレエネも可愛らしい。ミュンヘン府マッフェイ街に住んでいるという

九月十六日　アルベルトと母がミュンヘンに帰る。後日訪問することを約束する。住居はミュンヘン府のシュワアンタアレル街で、林太郎の下宿からそう遠くない

九月十七日　昨日の雨で寒くなったため多くの避暑客が帰り、朝、食堂で会ったのは一婦人とその侍婢の三人だけである。婦人は中尉の妻で貴族と聞いていたが、初めて声をかけられる。名はドオリス・

フォン・ヴョオドケ、家はミュンヘン府のゼンドリング門通りにあるという。稗史数巻を貸りる。ミュンヘンへ戻ってから返してくれてもよいという

九月十八日　ミュンヘンに帰る

九月十九日　朝、加藤照麿と石川千代松が林太郎の帰府を聞いて来訪する。ともにコロッセウムに行く。石川は動物学士、快活で田中正平に似ている

九月二十一日　夜、加藤に誘われて曲馬場に行く。ベルンハルヂイネとよぶ十五、六歳の少女が演技をする。演技はうまくないが人を悩ます嬌姿を見せる

九月二十三日　また、コペルニックに会う

九月二十四日　加藤と設色偶人を見る。浅草奥山の活人形に劣ると一笑して戻る

九月二十五日　谷口謙が留学を命ぜられベルリンに到着したと知らせてくる。学資は林太郎の額に比べてはるかに多いとある

九月二十六日　昼食後、シュワアンタアレル街を散歩する。アルベルトに邂逅する

九月二十八日　岩佐と加藤の家で晩餐をとる

九月二十九日　ヰンケルに従学して婦人科を修める

ため、ストラスブルグより浜田玄達がこの府に来る

九月三十日　加藤が居をゼンドリング門通りに移す。新居の窓前に噴水があり、日を蔽う緑樹があり景色のよい場所である

十月一日　夜、原田直次郎とマリイがコッヘルより、レエマンがベルリンより帰る

十月二日　朝、レエマンを訪ねる。明後日、試験室を開くという。ロオトより書信来る。君の日本軍医部編成の記及び患者統計表を万国軍医事業進歩年報中に収録した。同書一部及び謝金二十七マルクは次便で送るとある

十月三日　この日は日曜日の上、いわゆる十月祭のため、林太郎の下宿付近は人出で賑わう。祭場はテレジア牧場で、競馬や自転車の競走その他あり。往年の神田の火除地の景況を見る思いがする。人魚と称する裸美人を見る。競馬には王族も来覧し、両側の家はみな窓を開き車を迎えて万歳と叫ぶ。王族、左右を見て慇懃に答礼する

十月四日　研究室、活動を再開する。河本来る。太陽街の酒店シュニヨルに行く

十月六日　スイスからの帰途、井上巽軒が立ち寄る。シュニヨルに飲みながら詩文を語る
十月七日　夜、井上と劇を見に行く。ドイツ軍尉官の状態を模写したもので面白い
十月九日　原田を訪ね、彼の作ミッテンワルドやコッヘルの画を見る。近衛老公、岩佐、浜田らの肖像は半ば出来上がっている
十月十三日　軍医ヰルケがサクソンより来る。ヰルケは現在ライプツィヒ病院にいて、チィルシュの助手をしている。チロオルに遊ぶ途中に訪ねてくれたのであった。夜、ともにコロッセウムに行く
十月十四日　ヰルケ出発する
十月十五日　「御門」と題するイギリス人が演ずる日本劇を見る。この月の半ば、かねてライプツィヒで書き上げておいた「日本兵食論」が〈Archiv für Hygiene〉第五巻に掲載され、ドイツの学界に公表される
十月二十一日　ヰルケがチロオルの帰途、また立ち寄る。夜、伴ってバムベルヒ客舎に至る。エルシュと名づくものを見る

十月二十二日　ヰルケ去る
十月二十三日　午後、加藤、原田、浜田、岩佐と一緒に、加藤の発意でスタルンベルヒ湖に遊ぶ。レオニイ村の旧酒亭を訪ねる。満月秋色、落葉は路を覆い、夏の避暑地の賑わいは嘘のようである。蓬頭の主婦が覚えていて、「ドクトル、また来れり」といわれる
十月二十八日　レンクに誘われて楽堂「オデオン」に行き、新設の照明及び換気法の利害を試験する
十月三十日　旗亭「シュニヨル」がフラウエンキルへの側に移転する。久しく邦人の喫餐していた店が他所に転ずるのは、何となく不快な気がする
十月三十一日　カルル大尉の子アルベルト、加藤の家主シャウムベルヒの子オットオとリイゼらを連れてパノプチイクム（蠟人形の見せ物）を見る
十一月一日　中浜東一郎がライプツィヒからミュンヘンへ移って来る
十一月三日　在ミュンヘン府の邦人が集まり天長節を祝う。会場はシュニヨルの新旗亭である
十一月七日　天長節祝宴の余興として在留邦人たち

と写真を撮る
十一月九日　夜、月色に惹かれて中浜とイザアル河畔を散歩する
十一月十三日　丹波敬三がブタペストへ行った帰りにミュンヘンに立ち寄る。土曜日とあって、林太郎らを誘ってレオニイに遊ぶ。汽車でスタルンベルヒまで行き、すぐに馬車二輛を雇い、湖を回ってレオニイに至る。酒を飲んで興を尽くし、ここに泊る
十一月十四日　早朝、レオニイ客舎に目覚める。同行者はみなまだ眠っている。コーヒーを喫して後、ロットマン丘の左にある小寺院に行く。この前避暑に来た時は見なかったからである。右に亜爾伯山が見え、曙光と映じてまことに美しい。午後も居残るという同行者と別れ、舟を頼んで帰る。丹波が馬頭まで林太郎を送ってくれる。ハンカチを振って別れを惜しむが、足をすべらせて水中に落ちる。幸い水の浅いところであったため怪我はなかった
十一月十六日　ベルリンより応用化学を修めている中沢が来る
十一月十八日　夜、中沢とグリユウンワルド客館に会い、栗を食う。焼栗は冬季になると市内で盛んに売っている。売っている者はみなイタリア人で、栗を売る声街中に満ちている
十一月二十一日　カルル大尉の家で昼食の饗応を受ける。夜、帰国する原田直次郎を送るためヲルフの旗亭に集まる。原田の子を宿しているマリイも来る
十一月二十二日　午前七時十五分、原田の見送りに停車場に行く。原田はスイスを経てイタリアに赴き、フランスより船で帰国するという
十一月二十九日　レエマンが林太郎に代わって、アルコールに関する試験の成果を、形貌学及び生理学会で発表する。大いに諸家の喝采を博す
十二月四日　三宅医科大学長来府
十二月六日　三宅医科大学長が林太郎らの試験場を視察する。ペッテンコオフェルと語る
十二月七日　カルル大尉を訪ねる。石黒忠悳に書信を送る
十二月十二日　ローマに行く三宅学長を停車場で見送る
十二月十六日　注文していたミシェル・レヰイ著の

衛生書がパリより届く。初めてフランス医書を購う

十二月十七日　ペッテンコオフェルに呼ばれて行く。話はナウマンに対する駁論のことであった。これより先、レオニイ滞在中稿を起こしたナウマンに対する駁論はすでにでき上がっていた。ナウマンの論は、ドレスデンの地学協会で行った式場演説と大同小異のものであったが、ドイツ語を操る学問社会に貴重に思われている普通新聞にその論を掲載したことが林太郎を憤慨させたのであった。林太郎は友人に頼んで原稿を筆削してもらい、ペッテンコオフェルに預けて、閑ある時に高閲し、もし可とされたならば、これをその友人である普通新聞の編集者ブラウンに送ってほしいと頼んでいたのである。この日、ペッテンコオフェルが林太郎を呼んだのはこの件であり、君の駁論はすでに読んだ。君はこの原稿とこの書簡（ペッテンコオフェルよりブラウンに宛てた紹介状）を持って編集部へ行けと言って、紹介状の内容を読んで聞かせ、林太郎の原稿を一部添削したところを示し、林太郎がこれに同意すると、原稿と紹介状を渡してすぐ彼のもとへ行け、君の行いは甚だ善いと言われる。林太郎はその好意を謝し、すぐにシュワンタアレル街七十一号の普通新聞の編集室へブラウンを訪ねる。ブラウン、名はオットオ、肥胖翁である。林太郎の稿本の標目とペッテンコオフェルの書状を読む。そして、原稿は君自身が書いたものかと聞く。そうだと答えると、ナウマンは現在このミュンヘン府にいる。彼を知っているかなどと質問した後、ナウマンの文は大いに我々の意に適している。果たして実に乖く者がありや。一にして足らずと答える。ブラウンはこの後十四日以内に君の文を掲載する好機会があろう。校合は君自らするかと尋ね、林太郎はすると答え、住所を記した名刺を渡し再会を約して帰る

十二月十八日　午前、新聞社の使いが来る。すでに林太郎の駁論全文が印刷してある。林太郎はすぐに校合して返付する。午後一時、ペッテンコオフェルの招待を受け、シュライヒ酒店に行く。ペッテンコオフェル夫人とレンクとその妻の他、来客はペッテンコオフェルに部属する助教授連と中浜東一郎など。一同座につくと、ペッテンコオフェルが立ち上がっ

て次のように演説をする。我が妻と余は、毎年年末に我が事業を輔け、余と喜憂をともにする諸君と会し、粗餐をともにすることを何よりも楽しみとする。本日のこの会は別に一事賀すべきことがあるが、それは諸君の熟知するところである（レンクの新婚を賀するなり）。また、もう一つ言うべきことがある。それはかつて余と喜憂をともにして今はこの席にいない懐かしい人々、ソイカ、ヲルフヒュウゲル、緒方の諸君である。この会は宜く旧誼を懐い、新交を渥うし、ともに真成なる衛生学の進歩を謀ることを忘るること無かるべし云々。レンクが一同に代わって礼を述べる。午後三時に散会

十二月二十日　午前十時、レンクに連れられて郊外ハイドハウゼンの人工酪製造所を見学する。帰途中浜と郊外の小酒店で昼食をとる。市内の半価で肉や蒸餅、牛酪を食べる。店を出てマクシミリアン橋上よりイザアルの下流を眺める。カルル門を過ぎて、一少女が後ろより林太郎の名を呼ぶ。かつてフインステルワルデルのコーヒー店にいて、林太郎らを品評したアンナであった。今はカルル門骨喜店に働いている。暇な時に来てねという。夜、染匠濠の鹿号醸屋に行き、民政会の演説を聞く

十二月二十一日　午後三時、レンクに率いられて製粉処に至る。壮大なることドレスデンのそれに劣らず。水力を以て全機関を運転している

十二月二十二日　三宅学長がイタリアより帰ったのでグリユウンワルド客館へ行く。フィレンチエ大学の衛生部の観象装置、必ずしもミュンヘンのものに劣らずと聞く

十二月二十三日　この日試験場を鎖す。浜田来訪

十二月二十四日　カルル大尉の家の晩餐に招かれて出かける。基督木に火が点してある。マッチ挿み一個を贈られる

十二月二十五日　ロオトより書信来る。叙勲のことが記してある。林太郎が十月半ばに印刷して送った「日本兵食論」について書いてある。三宅学長来訪。夜電戯園を見る

十二月二十九日　本日、ナウマンへの駁論の文である「日本の実状」が『アルゲマイネ・ツァイトゥング』第三六〇号の附録として出る。冒頭に校合の行

き届かぬ所があり、書状を以てそのことを編集部へ伝える。レエマンが林太郎の実験について行った演説が『医事週報』第五十一号に載って出る

一八八七年（明治二十）満二十五歳

一月一日 午前零時、加藤、岩佐、中浜、浜田の四人と英骨喜店の舞踏会でプンシュ酒の盃を挙げ新年を祝う。二時、下宿に帰り就寝。ペッテンコオフェル、軍医総監ロックベック、カルル大尉の家に新年の賀詞を述べに行く。横山又二郎、来訪。故国の祖母、父母、弟妹に賀状を送る。他に書物一箱を送る

一月二日 ハンブルグの軍医正キョルチングから書信が来る。その後昇進して聯隊医となったこと、また、こちらに来て隊医となる気はないかとある

一月十日 十二月二十九日に発表したエドムント・ナウマンへの駁論「日本の実状」に対し、本日の『アルゲマイネ・ツァイトゥング』紙上に、ナウマンの反論「森林太郎の『日本の実状』」が出る

一月十一日 本日も続いてナウマンの反論が新聞に出る。林太郎はすぐに駁論を作りペッテンコオフェルのもとへ持参して閲を乞う

一月十九日 満二十五歳となる。ロオトより生誕日を祝う書信が来る。ペッテンコオフェルとバイエルン連合銀行に行き、行内の電気燈及び換気装置を見学する

一月二十一日 ロッツベックより舞踏会に招かれるが行けず

一月二十三日 中央庁で自転車倶楽部舞踏会が開かれ、案内を受けて行く。アルヌルフ王と語る。スタアツラアト某、宮廷攻玉匠の女会長某等と席を同じくして飲む

一月三十日 石黒忠悳の書信が来る。日本での欧風流行のことが書いてある

二月一日 ナウマンへの再駁論「日本の実状・再論」が、この日『アルゲルマイネ・ツァイトゥング』紙に載る

二月二日 父の書信が来る。次弟篤次郎、妹喜美子、末弟潤三郎の写真が入っている

二月十三日　バイエルン国軍医総監夫人アンナの招きに応じ、小児仮面舞会に赴く。法皇公使を会場で見かける
二日十九日　軍人舞踏会があり、西端庁に赴く
二月二十日　軍医総監夫人アンナを訪ねる
二月二十六日　加藤照麿がウインへ行くので停車場に送る。人々、加藤の去るを惜しむ
三月八日　レエマンが林太郎の実験（アルコールに関する研究）に関して二回目の研究発表をする
三月十一日　一等軍医ヱエベルに誘われて、郊外のツァッヘル醸窖に赴き、旧大学生等国帝誕辰の前預祝をする。来客六百人ばかり
三月十九日　劇を見に行く
三月二十日　フォイトの業室を参観する
三月二十五日　横山又二郎とともにヒルトを訪ねる。ヒルトは巨万の富を築いた人で、東洋癖があり、好んで日域の骨董や書画を集めている。父の書信が来る。陸軍軍医学舎落成のこと、妹喜美子の学校の舞踏会のこと、佐藤応渠の中風のことなどが書いてある。緒方収二郎が『佳人の奇遇』数巻を送ってくれる。旅愁を慰められる
四月二日　横山又二郎と、男ばかりでは興がないというので、ファンニイと呼ばれる少女を伴って輦下戯園に行き、ラロンジュの劇、クラウス学士を観る
四月四日　ペッテンコオフェルに試験所で相談する。当地での研究がひとまず終了したのでベルリンに移りたい旨を話し、これまでにまとめた試験結果数項を、機会があれば印刷してもらうように頼んで渡す。午後、岩佐とイギリス公苑を散策し、その新居を訪ねる
四月五日　午後、浜田、中浜、岩佐とグロオスヘッセルロオに行く。イザアルの流れに足をひたして洗う。新鮮な牛乳一椀を喫する
四月九日　軍医学上新著の要項一巻稿成り、石黒忠悳に郵送する
四月十一日　中浜、浜田、岩佐とスタルンベルヒ湖に遊ぶ
四月十二日　林太郎の兵食論を戴せたイタリア国医事新報が届く
四月十四日　ペッテンコオフェル、軍医総監、カル

ル大尉の家を訪ねて、告別の挨拶をする。ペッテンコオフェルはアウグスブルクに出かけていて不在、会えず

四月十五日　午前中、中浜に会って別れを告げる。午後六時五十五分、汽車でミュンヘンを出発する。横山又二郎が駅まで見送ってくれる。車中悪臭あり。ニュルンベルヒに至りようやく他室に移るが、室内立錐の余地なく終夜眠れず

四月十六日　午後、ベルリンに着く。トヨップフェル客館に投宿する。公使館に行き、ベルリンに移った旨を届ける。夜、獣医与倉某に食堂で会う

四月十七日　名倉幸作と同じ家に下宿している谷口謙を訪ねる。名倉は知文の子で三等軍医、ともに獣苑に至り凱旋塔に登る

四月十八日　谷口と乃木、川上両少将をその宿に訪ねる。伊地知大尉も座にあり。二時間話して辞去する。川上少将が軍医部の事情に精通していることに驚く。この日、ベルリンのFrau Stern方に居を定めて移る

四月十九日　会計監督野田豁通を訪ねる。晩に谷口の居で隅川宗雄に会う

四月二十日　北里の案内でコッホを訪ね、従学の約を結ぶ。大陸骨喜店に行く。ドレスデンで知り合った南米の人ペニヤ・イ・フェルナンデスと邂逅する。コッホに学んでいるという

四月二十一日　美学の勉強のために渡独している旧津和野藩主亀井茲監の跡継ぎである亀井茲明子爵を訪ねる。楠秀太郎と知り合う。亀井子爵は故国の父が託した寝衣を林太郎に贈る。痩せて顔色も悪く、病気ではないかと林太郎は心配する。ドイツ語の師を得たかと聞くとまだだというので、それならミュルレルという人がよいと思うので、その気があるなら訪ねさせると話して帰る。午後、三等軍医武島務を訪ねる

四月二十二日　青山胤通を訪ねる。亀井子爵来訪

四月二十三日　ミュルレルを訪ねる。亀井子爵を訪うて語学の件について話し合うよう頼む

四月二十四日　ミュルレル来訪。今朝亀井子爵を訪ねたが不在で会えなかったので子爵の方から来てもらいたいというので、承諾する。ロオトに送る年報

材料の稿成り、寄送する
四月二十五日 警察署にベルリン滞在の届けに行く。山根大尉と語る。石黒忠悳の書信来る。夜、武島誕辰の祝宴に赴く。父へ書信と書物二箱を送る
四月二十六日 隅川宗雄来訪。ともに伊大利酒店に晩餐をとる
四月二十九日 島田を訪ねる。小倉（政治学生）、妻木（建築家）、加治（画家）等がいる
四月三十日 夜、隅川の家で日本料理を食す
五月一日 野田豁通を訪ねたが留守で会えず
五月二日 菌学月会が始まる。講師はフランクとフレンケルの二人。この日、大学衛生部で以前ペッテンコオフェルの助手であったレンクと会う。ヲルフフヒウゲルに代わり講師となってここの衛生部に勤めている
五月六日 石坂惟寛の書信が来る
五月七日 青山、佐藤三吉が帰国するのを送るため、クレッテ酒店に会す
五月八日 午後、ルイイゼ街を散策する。たまたまロオトが車に乗るところを見る。ベルリンにいることを知り、さっそく谷口とその客舎に訪ねる。年報の事などを話す
五月十二日 石黒忠悳渡独の知らせが来る。ゴレビエウスキイと会う。もとサクソンの軍医であったが行状がよくないため禄を失い現在ベルリンで開業している
五月十三日 青山を送って仏特力街停車場に行く
五月二十四日 コッホに随って、北里、隅川とともにストララウに至り水道の源を見る。帰途、ルムメルスブルヒに至る
五月二十五日 夜、菌学講習生たちがフランクとフレンケルの二講師をミュンヘン醸屋に招き饗応する
五月二十七日 菌学月会が終了する。コッホの衛生試験所に入る
五月二十八日 午後、加治とともにクレップス珈琲店へ行く
五月二十九日 大和会（在独日本人の組織する会）に初めて出席する。幹事は小松原英太郎。毎月最後の日曜日にビールを飲み、新聞を読み、話をするだけの会で、公使館付の福島大尉も出席する。福島は

在独陸軍留学生取締の命を受けている

五月三十日　父の書信が来る。三浦守治が帰国して千住の家を訪ねてくれたこと、ミュンヘンでの林太郎の生活ぶりを聞いて安心したなどとある

五月三十一日　コッホより実験題目を与えられる。夜に乃木、川上両少将の家で会合する。小松宮をはじめ、ベルリンに滞在中の武官がほとんど集まる。ビール、葡萄酒、茶菓等の饗あり。今後毎月第二日曜日に会合することになる

六月一日　ライプツィヒ、ドレスデン、ミュンヘンでの生活とは違って、ベルリンでの生活は張りがない。そのことを「日記」に記す

六月四日　北里、隈川と壮泉の一私苑に遊ぶ。寒いせいか遊ぶ人は少ない

六月七日　夜、隈川の家で日本食の饗応を受ける

六月十二日　川上、乃木両少将の家に会合する

六月十五日　僧房街 Kloster Strasse に転居する。転居に関しては、公には衛生部に近いということであるが、これは必ずしも主な理由ではない。これまで住んでいたマリイ街の戸主である寡婦ステルンとその姪のトルウデルが、浮薄、饒舌であること、遊行好きでいつも家を不在にし、林太郎のもとに届く書状物品等をいつも受け取ってくれない等、何かと面白くなく、これを厭い回避したくなったのが真の理由である。新しい家は府の東隅で、いわゆる古伯林 Alt-Berlin に近く悪漢淫婦の巣窟だという者もいるが、交を比隣に求めるつもりがないので意とするに足らない。それよりも家が新築したばかりで宏壮なこと、前街はアスファルトを敷き、馬車の音無く、夜間の往来稀で読書を妨げるものが無いこと、戸主ケエヂングが料理店を開いているので、三食とも家でとることができること、衛生学研究所まで歩いて五分ほどで行けることなど、すべて気に入る

六月十六日　晩に隈川、北里と好眺苑に行く。ゴリビエウスキイが妓を連れて飲んでいたが、互いに声をかけず

六月二十六日　夜、谷口を訪ねる。僕は留学生取締と交際親密で、すでに彼のために一美人を媒したなどという

六月二十八日　早川大尉を訪ねる。桜桃を食しなが

ら閑談する
六月三十日 胃病を治療した礼に、亀井子爵より名刺入れ一個を贈られる。北里に会う。武島務が帰朝命令を受けたことについて話す
七月二日 ゲヌアより石黒忠悳の書信が届く。夜、亀井子爵を訪ねる
七月十七日 中浜東一郎から石黒忠悳がミュンヘンを出発した旨の電報が来る。他の人に知らせる間がないので、谷口にだけ知らせて駅に迎えに出る。石黒の同行者は、子爵松平乗承、田口大学教授、ドイツ人ヂッセ、北川乙次郎で、太子客館に案内し宿泊させる
七月十八日 山口、井口両大尉至り、フリイドリヒ・カルル岸に居を定める。石黒忠悳もここに移る
七月十九日 石黒のために、ミュルレルを語学の師に雇う
七月二十一日 石黒のため日本政府の赤十字同盟に入る報告を作る
七月二十二日 石黒が林太郎らを帝国食店に招いて昼食をともにする
七月二十三日 伊東侍医と鈴木愛之助が太子客館に投宿すると聞いて行く
七月二十七日 石黒に随い寺庭村の第二衛戍病院を見る。一等軍医シヤイベが独国陸軍省の命を受けて石黒の属員となる。病院長のミュッヘルと知り合う
七月二十八日 夜、亀井子爵の居を訪ねる。瘧を患っていたが、もう全く治っている
七月三十一日 ミュルレルの家で晩餐をとる
八月二日 伊東侍医留別の会合に臨む。ベルリンで著名な酒亭ドレッセルの料理を初めて味わう
八月三日 朝、伊東侍医と鈴木愛之助の二人がウインに旅立つので停車場に送る。この日、淋を患い、尿浸潤に転じ、内臓移転のために病死した奥青輔を葬る
八月四日 軍医監コオレルを訪ねる。夫人とも会う。軍医監スツツクラウドと話す
八月五日 石黒と陸軍省医務局に行き、コオレル、シヤイベと公事について話し合う。谷口も同行する。午後、石黒及び谷口と軍医学校を見る。一等軍医アメンデが案内してくれる

八月六日　輜重大隊の営舎の側にある輜重廠を見る

八月七日　石黒、谷口、北川と美術博覧会を見る

八月九日　石黒と慈恵院を巡視。この日からシャイベが石黒のもとに来て陸軍医務を講ずる。林太郎と谷口が通訳を務める

八月十一日　石黒に随い、諸官員の居を訪ねる

八月十二日　野田会計監督のもとに行き、ドイツ計史某の軍医部定額金の事を講ずるを聞く

八月十六日　定額金の事を聞き終わる

八月十七日　石黒に随い、モアビットにある市病院を参観する。院長のグットマンと話す。口吻俗医に類す

八月十九日　石黒に随い、シャンルンホルスト街の第一衛戍病院を見る。一等軍医ヱルネル引接する

八月二十日　隈川と片山国嘉の居を訪ねる。日本食の饗応を受ける。山川の子もいる

八月二十三日　名倉幸作がウユルツブルクに赴く。副医サクソンよりロオトが来たので紅海亭で会う。副医官ブルダハの居宅を訪ねるためすぐに東プロシアに向かって発するというので停車場に送る。別れに際して林太郎の文章の載った新刊年報一部を贈られる

八月二十六日　シャイベ家の晩餐に石黒とともに招かれ、夫人と知り合う

八月二十七日　石黒と、同居しているフランス婦人某とともにベルガモン総視画館を参観する

八月二十八日　大和会に赴く

八月二十九日　石黒が来訪し、ともに衛生部に行く

八月三十日　近くウインナに行く石黒が林太郎に随行を命ず

八月三十一日　横山又二郎がミュンヘンより来る。停車場に迎えトヨップフェル客館に伴い、昼食後、金石博物館と動物園に誘う

九月一日　石黒に随って馬車で午前八時出発（谷口同行。途中より野田同乗）、九時にテンペルホーフ練兵場に着き、近衛兵の観閲を見る。その後、ドイツ皇帝が軍を閲する様子を見る

九月三日　夜、小松宮殿下を送り、その後に石黒を訪ねる

九月四日　午前中に石黒を訪ね、乃木少将に会う

九月五日　石黒とともにミュルレルの家に行き、赤

十字翻訳のことを談ず。夕方また石黒を訪ねる

九月六日〜九月十二日　毎日石黒を訪ねる

九月十三日　石黒とともにシヤイベの居を訪ねる。その妻児と話す。この日、山辺丈夫が来訪したが会えず

九月十四日　石黒を訪ねる。ミュンヘンより来た中浜東一郎と獣苑を散歩する

九月十五日　旅行に出る準備をする。ミュルレルに依頼した印刷物ができ上がる。夜、石黒、田口、北里、中浜、谷口とテッヘルで会食する

九月十六日　午前八時、汽車でアンハルト停車場を出発する。同行者は、石黒、田口、谷口等。ノイニイテンドルフで昼食をとる。食事中に旧知の軍医ベッケルに会う。夕方八時、ウエルツブルクに着く。松本軍医総監の子の春、名倉三等軍医、旧東京大学生多田某が駅に迎えてくれる。春とは久しく文通はしていたが会うのは初めてである。帝王街の国民客館に投宿する

九月十七日　春の居を訪ねる。それよりジイボルドの像を見たり宮苑を散歩したりする。古城趾があり、城壕に蜀黍が植えてある。新園を経て客舎に帰る。午後三時、春等と小汽船コルネリウス号に上り、マイン河を下り、フアイツヒヨッホハイムに至る。岸はみな葡萄畑である。フアイツヒヨッホハイムで一苑に入る。帰りの船の中で日が暮れる。夜、ユリウス逍遙路を歩く。僧官ユリウスの像を見る

九月十八日　午前十時田口と別れ、十時二十分の汽車でウユルツブルクを出発。午後四時、カルルスルーエに着く。カルル・フリイドリヒ街の日耳曼客館に投宿する。松平乗承がすでに到着している

九月十九日　主家街の巴丁救護社に赴く。軍医監アイレルトを訪うが会えず。陸軍病院に行き、医長ヰンクレルと話す。医官チイグレルを訪うが会えず。石黒の命で谷口と会議議案をドイツ語に訳す

九月二十日　軍医監アイレルトと救護社第一隊長オットオ・ザックスが来訪。昼食後、谷口と市苑を散歩する。苑の一部は動物園になっている。午後四時、石黒に随い大臣ツルバン、軍医監ホップマン及びザックスの家を訪う。この日、石黒が林太郎加入のことをまた会長に通報する。今夕コオレルが到着

するので、八時十五分、石黒、松平、谷口と停車場に迎えに出たが来らず、空しく帰る

九月二十一日　一等軍医ロオスが迎えに来る。石黒に随い（谷口同行）、陸軍病院及び榴弾卒隊の兵営を見る。それより議院に至り到着届けを出し、会議日割表等を受領して帰る。十二時より議案を谷口と訳して昏刻に至る。八時、来るはずのコオレル来らず。夜も議案について勉強する

九月二十二日　午前、赤十字各社委員会が開かれ、林太郎は日本赤十字社の代表松平乗承の通訳として随行する。国際会の議事規則を議定する。議長はストルベルヒ伯。日本委員は別に意見も無いこと故、多数決を取る時、大意を松平に伝えて起立させる。帰途、躯幹魁偉、白頭朱顔、阿羅漢像に似た男が近づき、自分はオランダ人のポムペだという。あなたがわが日本に新医学を輸入したポムペかと聞くと、そうだという。松本良順も健在であるし、私の父も間接にあなたの門下生ですなどと告げて別れる。午後三時、石黒、谷口と日本政府の代議士として万国会開会式に臨む。バイエルンの軍医総監ロッツベック、プロイセン軍医監コオレルの顔も見える。ストルベルヒ議長が開会演説の中で日本のことに言及する。林太郎は石黒以下に告げて、起立して謝意を表させる。石黒をスイス万国社長モアニエエ、知名の医家ロングモオアに引き合わせ、話を通訳する。居に帰り、夕刻まで議案の翻訳に精を出す。夜八時、ツルバン大臣主催のレセプションに赴く。大侯と大侯夫人から石黒に挨拶があり、林太郎が通訳する。米議員バルトンと語る。ツルバンの紅頰の娘が客と接すること頗る懇切な人で、林太郎はこの娘と数十分間話す

九月二十三日　午前十時総会に臨む。軍隊に防腐療法を用いることを勧める議案が出る。林太郎は日本委員一同に代わり、日本陸軍にはすでに公にこの法を用いる法則を設け、かつその材料を備えていることを報告する。午後二時半、カルルスルーエ担架団の演習を見る。五時三十分、大侯官に赴く。カルル王及び夫人レナアルと語る。レナアル夫人は言辞に善く東洋紀行を多く読んでいて、わが国のことにも詳しい。石黒に対し、日本陸軍がすでに防腐療法を

施していることを賞讃する。八時、グロオセ客館で開催のカルルスルーエ軍医会に赴く。石黒が演説し、林太郎がそれを通訳する。この日、ブラジリアの帝であるドン・ペドロに謁する。イタリア人のソンメルとも語る。僕は君の書いた「日本兵食論」を訳して新誌に掲げ、以前、それを君に送ったことがあるという。林太郎は偶然出会った喜びを述べて、ウインの会に出そうとして用意した文（Zur Nahrungsfrage in Japan）数部を贈る

九月二十四日　午前十時より総会に臨む。ジュネフ国際社各政府の認可を受けることを要する議案が出る。賛否両論あり。午後二時、会場においてグラスケ教授が新弾の説を述べる。三時、造弾廠に行き新弾射的試験を見る。午後七時、楽を聚珍会館に聴く。シェッフェルの詩を歌った女優の音調最美、容色も人を超える

九月二十五日　朝十時発車、バーデン・バーデンに行く。午時着く。ローマ時代の古市で鉱泉全欧に名高く浴客多し。停車場より馬車でホオヘンバアデンの古城に至る。城は高い丘の上にある。十七世紀にフランス兵に毀され外郭だけが残っている。眺望すこぶる佳。府知事、客を城庭に迎え食を供し音楽を奏する。仏特力泉を見る。ロッツベック夫人に再会する。午後六時会話庁で盛饌を供せられる。帰りの車中でポムペと語る。ポムペが、諸君のうち森氏の顔はまことによく林紀君に似ている。林紀君は倭蘭にあった日、婦人と葛藤を生じ、余をして機外神の役を務めさせた。森氏の性またこれに類するところはないか、などという

九月二十六日　午前十時臨会。オランダ中央社より、欧州の諸会は欧州外での戦に臨んで、傷病者の救助をなすべきや否やの議題が出される。これは欧州人の殖民地を意識しての倉卒の問題提起である。林太郎は石黒の同意を得て起ち、本題は単に欧州の諸会を以て救助をなす者とみなした問いである。もし決を取るようであれば、日本委員は賛否の外に立つべし、と述べる。米国委員は黙り込み、議論百出したが決を取るに至らず。討議を持ち越して三時半に閉会する。夜、咽頭カタルのためオペラの観覧を辞して臥寝する

九月二十七日　午前十時臨会。前日の議題を引き続き討議する。林太郎は石黒の許可を得て起ち、日本委員は昨日述べた説を維持する。本題を国際会に出さんとするならば、「一大洲の赤十字社は他の大洲の戦に」云々という如き文に改むべきである。これは修正案ではなく、かくいうだけで足りる。もし本題に反対せる場合、すなわちアジア外の諸邦に戦あるときは、日本諸社は救助に力を尽くすこと必然ならんと思考すると述べる。全会壮哉と呼び、謹聴と呼ぶ。背後の一議員会員簿を閲して、学士森林太郎なり。大学の課程を経たる者は自ら殊なる所があるという。ポムペがたまたま書記席より自席に戻る時、林太郎の傍を通り、林太郎の肩に手を置き一笑する。書記役仏人エリサンが来て、演説の草案を請う。林太郎はもとより即席で考えたことだから草案はない旨を答える。高説、関係するところ甚だ大なれば、聞きたるところにより記録するという。魯国式部官ユセフオキッチュ、林太郎の説を称賛する。ドイツ人ヱエベルが本題は未熟であるから宜く次回に回すべしといって、林太郎の説を補足する。ついに本題は次回に回すこととなる。次いで、ジュネフ盟約を軍隊に知らしめる策を提議する。林太郎は石黒に断って起ち、日本においてはジュネフ盟約に注釈を加え、士卒に配布したる旨を告げ、その印本数部をあげて会員に報告する。全会傾聴する。ユセフオヰッチュ、後席より林太郎の背をつつき、驚嘆、驚嘆という。この日、ジュネフに記念碑を建てる件について討議があり否決される。次いで閉会式を行う。なお、この日、あらかじめ用意した日本赤十字前紀を会員に配付する。会場を出て馬車に乗る時、石黒が両手で林太郎の手を取り、感謝、感謝と述べて、林太郎の労を多とする。午後、告別の訪問をする。夜、林太郎ら日本代表委員四人、会議参加者一同とともに宮中の夜食に招かれる。林太郎はバーデン大侯妃から会議中の活動に対して賞詞を受ける

九月二十八日　東洋急行列車に乗り、カルルスルーエを出発、夕にウインに到着、勝利神客館に投宿する。ウイン行きは石黒の日本政府を代表して万国衛生会に出席するのに随行するもので、随員としてすでに内務省から北里柴三郎、中浜東一郎を派遣して

いる。林太郎と谷口謙は私人の資格で会に臨むので、ウイン滞在中公務は無い
九月二十九日　ロオト、コオレルなどを客舎テゲットに訪うが会えず。丸山作楽、有賀長雄らと会う
九月三十日　石黒の序文を付した自著『日本食論拾遺』二百部を国際会記室に送り、会員に配ってもらう。中浜、北里が来る。ともに会に臨む。ペッテンコオフェル、ロオトと語る。ソイカ、シュステル、リョフレルなどを見る。初めてヌルフヒユウゲルを見る。松平子爵が林太郎らと別れ、テゲット客舎に移る
十月一日　朝、丸山作楽が訪ねて来る。石黒に対して明治日報社業のことを語る。石井南喬がその庶務を管理したること初めて知る。会議が終わり宿に帰り、昼食を済ませた後、石黒らは散歩に出るが、林太郎は同行せず宿舎に残る
十月二日　会議は本日で終わる。夜、棚橋軍次の家で晩餐をとる。夫人を見る。伊東侍医、有賀文学士等も招かれている
十月三日　棚橋が石黒を案内して陸軍省に向かうので、林太郎らも随う。ホルド少将と語る。元帥メルケルに謁す
十月四日　陸軍病院を見る。軍医総監エンチエル・ホオルの案内を受ける。彼は万国赤十字会に出席していたので相識の人である
十月五日　馬埒街の歩兵営を見る。聯隊医官フアウルハアベルが少将スボンネル、大尉ハイシヒ、聯隊医官ツオッヘルを率いて武庫の隣にある砲兵営を案内してくれる
十月六日　乃木少将がテゲット客舎にいると聞いたので訪ねるが不在で会えず。楠瀬と語って戻る
十月七日　陸軍病院中化学試験場と蠟型陳列場を見学する
十月八日　夜九時にウインを出発。ドレスデンでマクデブルグへ赴き、棚橋の妻の妹と見合いをするという谷口と別れる
十月九日　午時ベルリンに帰着する
十月十日　衛生試験所に出て試験を始める
十月十一日　夜、亀井子爵を訪うが不在
十月十二日　楠秀太郎来訪。清水格亮と亀井家従の

書信来る。返書を送る。この日、父へも書信を送る

十月十三日　石黒を訪ね、谷口と報告の下調べをし、案を持ち帰る。夜、また石黒を訪ねる

十月十六日　夜、石黒を訪ね、谷口とともに報告を一覧する

十月十八日　熊本の高橋繁と初めて会う。ストラスブルクで医学を学んでいるという。長岡の医生小林某が日本婦人を伴いベルリンに来てトヨップフエル客館に宿泊。この地に日本服で来て日本人と交際せず行いすこぶる奇なりと聞き、訪ねてみる。小林はライプツィヒに行き医学を修めるのだという。婦人は弟の篤次郎を知っていてあなたは千住の森さんのお兄さんですか、篤次郎さんに比べると顔が長くありませんねと話す

十月二十日　故国の父より、新聞紙や『羅馬字雑誌』等を送って来る。雑誌に妹喜美子の文が載っている

十月二十一日　夜、コオレルに招かれ、ホテルインペリアルで開かれた普国軍医学会に赴く。議長はドイツ皇太子の侍医で軍医監ヱエゲネル。知名の内科医ライデンの神経病論を聞く

十月二十二日　福島大尉の新居を訪ねる

十月二十三日　谷口がマクデブルクに赴く。午後一時に石黒とともに早川の家に行き日本飯の餐を受ける。乃木、川上両少将、野田、福島、楠瀬、山根、伊知地等もいる。帰途、両少将とシルレル骨喜店に立ち寄る

十月二十五日　衛生試験材料を求めるため、ベルリン下水第五放線系統の操作局に行く。局長ゴルドウスキイと話す。夜、石黒を訪う。斎藤修一郎と中浜東一郎のことが話に出る

十月二十六日　元三等軍医の武島務に会う。武島は私費留学中で国から資金が来ず大いに窮乏し、戸主に訴えられんとするに至る。これを聞いて福島大尉が帰朝を命ず。石黒来欧して三等軍医を辞職させたが、武島はなおドイツに止まり医学の勉強を続けるという

十月二十七日　下水喞筒操作所に至り、操作監ラシュケの誘導を請い、中央屠場に入り試験材料とする下水を汲む。午後六時、石黒がシャイベの指導を受ける。林太郎と谷口が通訳する

十月二十八日　井上巽軒に会う。巽軒はベルリン東洋語学校の教官で、ランゲとともに日本語を教えている

十月二十九日　夕方六時より大和会に出席

十月三十日　ベックよりフランス語を学ぶ。ベックが謝金を受け取らないので、代わりに日本語を教える。これより毎日曜日午前に会うことを約束する。夜、宮廷戯園でシェークスピアのハムレットを見る

十月三十一日　ミュルレルを訪ねる。彫工の多胡と話す。この日石黒を訪い赤十字規則を借りる

十一月一日　夜、図師崎警官とクレップスの骨喜店に会す

十一月二日　夜、高橋繁、井上哲二郎と酒家クレッテに会す

十一月三日　公使代理井上勝之助が天長節の宴を公使館に開く。夜八時、正装して赴く。領事ヲルフゾソ、ジイボルト、乃木、川上、石黒、亀井子爵等八十余人来会。杯を挙げて聖寿を祝す。石黒が乃木に向かって森の正服旧製に依る、肩章及び腰帯無し、谷口の新正服に比すれば甚だ劣る、そのため旅行中は谷口を軍医正と呼び、森を軍医と呼んだと話す。乃木少将は林太郎に向かい、しかし得をしたこともあったであろうと聞く。林太郎はそこは油断なく利用いたしましたと答える。一座大いに笑う。十一時頃散会する

十一月四日　夜、石黒に会い、谷口とシヤイベの指導を伝訳する

十一月五日　小倉庄太郎来る

十一月六日　夜、ミュルレルを訪い、法理を談ず

十一月七日　午前公使館に行き有森と話す。夜、石黒を訪ね父の書状を手渡す。大和会堂で一瀬と邂逅する

十一月八日　夜、石黒を訪ね、平島、平井等とともに酒店クレッテに会す

十一月九日　井上巽軒の仏教と耶蘇教のいずれが優れているかという論を聞く

十一月十日　夜、石黒と大和会に行く。酒店クレッテでともに夕食をとる

十一月十一日　石黒より今夕シヤイベが来るという知らせがあり、夕方六時に石黒を訪ねる。谷口も来

る。武島と会う

十一月十二日　夜、大和食堂に斯波淳六郎のイギリス行を送る会があり出席する。檜山と法学の事を話す。檜山がゲッチンゲンのイエリングを賛揚し、君がナウマンを駁する文をイエリングに示したところ、その公正な点を賞した。宮崎津城も他に増してこの人を尊敬しているといってイエリングの著書を読むことを勧められる。小池正直へ書信を送る

十一月十三日　夜、ミュルレルを訪ねる

十一月十四日　ドイツ医事週報の編集長グットマンを訪ね、横浜在住の米人シモンスを駁する文を掲載するように頼む。グットマンはすぐに承諾し、先に北里医学士も我社に文を投ずる約束をした、君も我社の通信員になってはどうかという。承知の旨を答え、再会を約して帰る。夜、石黒を訪ねる。小池正直よりの書状を受け取る。石黒が、橋本軍医総監の意を受けた足立軍医正の書信が来た。それによれば、森林太郎の洋行は事務取調を兼ねている。したがって、帰京の前に必ず一度は隊付医官の務めをさせねば、陸軍省に対して軍医部の体面が保てまいとある、と話す。林太郎は承諾の旨を答える。ではいずれ福島大尉と相談してみようと石黒がいう。下宿に帰って小池の書状を読むに、老兄を軍隊に付け、谷口はもっぱら石黒の補助として事務上の事を取調べさせたいというのが局長の心中である。あるいは谷口の要求かも知れぬ。例の通りの陰険家ゆえ万事注意せられよ。うかうかするときは毒螫を蒙らん。秘々。とある

十一月十五日　夜、大和会堂に行く

十一月十六日　衛生試験の材料にする汚水を採酌するため、下水役人ラシュケとグライフスワルド街の屠馬場に行く。夜、隈川に会う。日本食試験を行うということを聞き賛揚する

十一月十七日　夜、大和食堂に行く。誰もいない。一人で荘子を読む

十一月十八日　夜、石黒を訪ね、斯波淳六郎に会う。明夕当地を発ってイギリスへ向かうという

十一月十九日　夜、ヨスチイ骨喜店に行く

十一月二十日　夜、ミュルレルを訪ねる。井上哲二郎も来る。東洋語学の事を論ず。日日新聞の通信員

仙賀と話す。経済学を修めた人である
十一月二十一日　石黒を訪ねる。松平がウインより来て、谷口の婚約の話は進んでないこと、川上少将が蛋白尿を患うことなどを聞く
十一月二十三日　夕方六時、石黒とともにシヤイベに招かれて行く。その妻女と姪を見る。
十一月二十四日　石黒より、江口軍医が来たので明晩来るようにと通知が来る
十一月二十五日　石黒を訪ね、江口、谷口と会う。江口を伴い片山国嘉の家に行く
十一月二十六日　大和会の例会でかねて思うところを演説する
十一月二十七日　父に書信並びに大和会での演説の大意を書いて送る　夜、与倉獣医とトヨップフェル客館で語る
十一月二十八日　午後一時、石黒とともに医務局にコオレルとシヤイベを訪ね、プロシアの軍隊に入り隊付医務を学びたい旨を話す
十一月三十日　シヤイベ来る
十二月二日　シヤイベやエルネルに誘われ、石黒、谷口とともにライヘンベルゲル街にあるベルリン府消毒所及びベルリン第一系統下水排送所を見る。ノルウェーの軍医某も来る
十二月三日　石黒に書簡を送る。井上巽軒と会う。巽軒はドイツの詩人カルル・アドルフ・フロオレンツを伴い来る。まだ少年である。詩稿を林太郎に見せる。中にウ、ランドを詠じた詩があって林太郎の意にかなう。李太白と巽軒の詩を訳して上梓するという。フロオレンツは漢字及び梵文に通じていると自ら話す
十二月五日　石黒を訪ね衛生材料の事を話す
十二月六日　朝、北里が訪ねて来て、福島大尉が近頃某の姦を識り、武島を辱しめたことを大いに悔いている件などを話す
十二月七日　シヤイベの来る旨、石黒より手紙来る
十二月八日　シヤイベが来たので石黒の家へ行く
十二月九日　山口大佐、石井大尉がベルリンに来て皇太子客館に宿泊中なので訪ねる。石黒にシヤイベへの用を託される
十二月十日　朝七時半アンハルト停車場に赴き、石

黒その他と西園寺全権公使の来着を迎える。土方、佐々木等とヨスチイ菓子店に会す。初めて西郷の子を見る

十二月十二日　石黒の命を受けて陸軍省にシャイベを訪ね、器械購入の事を話す。数日前鼻痔を裁除した早川の病気見舞いに行く。夜、福島大尉を訪ねる

十二月十九日　田口から大学紀要中の論文、黴毒論一篇を贈られる。シャイベがマグデブルクの舅姑を訪うとて別れを告げに来る。石黒より陸軍省請求品の清書を託される

十二月二十日　北里が来て、江口のことを話す。石黒を訪ねる

十二月二十三日　新調の軍服出来る

十二月二十四日　江口、谷口、片山等と石黒の家に会し、日本料理の饗を受ける

十二月二十五日　夜、隈川を訪ね、近頃自体実験で蔬食を行っていると聞く

十二月二十六日　午後二時石黒に随い、谷口とコオレルの家を訪ねる。昼食の饗応を受ける。五時辞去。新任の西園寺公望公使を迎えるため大和会が開かれ出席する。姉小路の帰国を送る

十二月二十七日　夜、ミュルレルに招かれ、石黒、田口、千賀、北川とともに行く

十二月二十八日　西園寺公使が邦人を招いて宴を開くので林太郎も出席する。午後八時開宴。乃木少将、石黒祝辞を述べる

十二月三十日　石黒を訪ねて、年始に伺う先を相談する

十二月三十一日　友人と除夜の宴を開く

一八八八年（明治二十一）満二十六歳

一月一日　昼に石黒を訪ね、新年の賀詞を述べる。その後、石黒、谷口と車を雇い、諸家へ年賀の礼にまわる。祖母、父母、弟妹に賀状を送る

一月二日　午後六時より大和会の新年祭があり、ドイツ語で演説をする。全権公使西園寺公望が杯を挙げて林太郎の前に来て、外国語をこの域にまで通暁すること敬服に堪えずと賞讃する

一月四日　石黒を訪ねて『ドイツ医事週報』五十二号掲載の「日本における脚気とコレラ」の抜き刷りを贈る。亀井子爵の宴に赴く。子爵は健康になり大学へ入学している

一月七日　石黒を訪ねるが不在。帰宅後石黒より書状が来る

一月八日　川上少将の病気見舞いに行く。少将はわが陸軍の弊風について語ったり西郷南洲の風采を述べて慷慨する

一月九日　高橋繁のために大和会で送別の宴を催す。医学生全員来る。石黒がドイツ医学を日本にとり入れた次第を演説する

一月十一日　独逸戯園に行き「ドン・カルロス」を見る。ゲスネルの美やポオザの技に心をうたれる

一月十二日　貧書生アルツウル・ハイネ来る。文稿を浄書させる。午後、石黒と公使館に行き、陸軍省衛生材料買入方など談合する

一月十三日　石黒に招かれ、谷口、江口、山口とともに独逸戯園で劇を見る

一月十六日　北里と早川来る。石黒より書状来る

一月十七日　石黒を訪ねる。石黒とテッヘルで昼食をとる。夜、また石黒を訪ねる。シヤイベに書状を送る

一月十八日　石黒を訪ねる。夜、早川来る。早川に頼まれクラウゼキッツの兵書を講ず。これより早川のために、毎週二回の講義をすることにする

一月十九日　石黒を訪ね、谷口ともども近衛歩兵第三聯隊の兵営を見る

一月二十日　朝十時に石黒を訪ね、ともに近衛龍騎兵第二聯隊の兵営及び陸軍囚獄を見る（谷口同行）

一月二十三日　石黒を訪ねる。石黒の命で本日公用のために来られないシヤイベに対して返事を書き送る。石黒とテッヘルで食事をとる。夕五時半、高橋繁が帰国の途に就く。著述上梓の事を託す

一月二十四日　朝、石黒とともに車で近衛野砲第二聯隊の兵営を見る。ここでシヤイベと一緒になり、検屍院と廃兵院に赴く。ミュルレルを見る

一月二十六日　石黒に書状を送る。夕五時半、シヤイベ宅に行く。石黒来る。政事の後、食事の饗応を受ける。シヤイベ夫人、想夫恋を歌う。夜更けてか

ら帰る
一月二十九日　シルレル骨喜店に行く
一月三十日　早川が来る。彼にクラウゼヰッツの兵書を講じる
一月三十一日　夜、工家堂に行き音楽を聴く
二月七日　石黒を訪ねてシヤイベを待つが来らず
二月十四日　北里、江口、片山、隈川が来る。夜宴で公使館に赴く
二月十五日　父の書信が来る。『雞林医事』の訳稿が成る
二月十六日　『日本』と題する風土物産記の編者であるラインと文書の往復を始める。横山又次郎から、日本産の介族の事を叙述したドイツ人リシュケの所在の問い合わせが来たが、林太郎も知らないので諸家に問い合わせ、ラインから詳しい返事が届く。リシュケはすでに亡くなったという
二月十七日　祝詞のことについて石黒に返事を出す。ヒルゲンドルフから、リシュケについて問い合わせた返事来る。ラインの返書と同じく、リシュケすでに死せりとある
二月十八日　石黒とともに川上少将に会いに行く。北里、江口等と片山の家に集まる。北里がペエケルハアリングと脚気細菌について論争しているという
二月二十日　午後、盛装して石黒のところへ行き、午後四時、シヤイベが迎えに来る。石黒に随って、谷口とともに二頭だての馬車に乗り、軍医祭に赴く。陸軍軍医総監や海軍軍医総監等が来会。陸軍大臣等が演説する
二月二十八日　夕方石黒、早川とともに劇場Residenz Theaterで劇を見る。十時に終わり、皆とリンデンイタリア料理に行って夕食
三月六日　朝、北川が石黒の使いで来る。石黒が病気のため、コオレルへの断り状を出すことを依頼される
三月七日　石黒を訪ね、昨日のことを話す。夜シヤイベが来るのでまた石黒を訪ねる
三月八日　父より書信が来る。賀古鶴所を通して東京大学医科教授小金井良精より妹喜美子との結婚を申し込まれたので回答を待つとある。すぐに同意の電報を打つ。コオレルを訪ねて陸軍省医務局へ行く

が不在だったので、自宅に訪ねて会う。公使館に福島を訪ねるがまた不在。手紙を残して帰る。いずれも入隊に関してのことである。午後、ドイツ皇帝病篤の報が出て全都騒然となる

三月九日　午前九時、ドイツ皇帝ウィルヘルム一世が崩御する

三月十日　石黒を訪ねる。普国近衛歩兵第二聯隊第一大隊に服務すべしとの命令が出たことを聞く。石黒がすぐに近衛に赴くようにという。家に帰り正装し、陸軍省医務局に行って記名、軍医監 von Coler、軍医正 Köhler を訪ね、その後府司令衙に行って記名する

三月十一日　午前、仏得力街の近衛歩兵第二聯隊第一大隊及び第二大隊に至る。聯隊長大佐コラス男爵に着任の申告をする。午後二時、聯隊医長軍医正ケーレルの居宅を訪ね、ケーレルよりドイツ国軍制及び隊伍医務の概略を聞く

三月十二日　第一衛戍病院へ行き一等軍医 Jonas に会う。院長軍医正 Müller に挨拶をする。慈恵院に行きケーレルの行術を見る。午後、諸将校の家を訪ねて挨拶をする

三月十三日　慈恵院に行く。軍医外科演習を見学するため、ケーレルと大学解尸館に赴く。午後、聯隊長コラスの家を訪ねる。留守にて会えず

三月十四日　軍医外科演習会に行く。午後、ケーレルを居宅に訪ねる。ケーレルより隊務の内容を示される

三月十五日　午時、仏街の兵営及び軍師旅団事務所に赴き記名する。それより諸将校の家を訪ねる

三月十七日　外科演習会に行く。夜、ケーレルより来書。勤務は平常八時より、日曜日は八時四十五分より開始とある

三月十八日　午前八時三十分、仏街の兵営に至り区域務を見る。楼下の室に入り病兵診察の実際を見る。火の気がないと甚だ寒し。この日、旧病兵二十余人、新病兵一人。午後、諸将校の家を訪ねる。聯隊長コラス大佐来訪、名刺を置いて去る

三月十九日　午前八時に両営に行く。爐に火あり。手術演習会に赴く。午時仏街の兵営に戻り諸将校と会庁に会う。午後、諸将校の家と石黒を訪問する。

一等軍医 Jonas と副医官グラウィッツが来て名刺を置いて去る
三月二十日　仏街の兵営と揩街の兵営に行く。手術演習会に赴く
三月二十一日　両営に至る。新病兵二人。ケーレルの命により初めて診察する。終わって手術演習会に行く
三月二十二日　両営に至る。新病兵二人を診察。ケーレルが書状を持って来る。仏街の営の宴に招かれる。午後四時四十五分、営に行く。聯隊長より諸将校に紹介される。飲饌すこぶる豊かで歓を竭して散会する
三月二十三日　両営に至る。新病兵無し。外科演習会に赴く。この日、帰朝の命令出る
三月二十四日　両営に至る。新病兵二人を診る。終わって外科演習会に赴く。石黒を訪ねる
三月二十五日　午前八時四十五分、仏街の両営に至る。第一大隊及び第二大隊兵卒の陰茎検査があり督視する。新病兵二名診察。カルル街の営には行かず。一等軍医 Riebel 来訪

三月二十六日　両営に至る。新病兵二名診察
三月二十七日　病のため在宅休養。ケーレルが普軍局方を送ってくれる
三月二十八日　両営に至る。新病兵一人を診察。病院助手某が、病兵の少ないのはキリスト再生祭の近いせいだとひそかにいう。外科演習会に赴く。ドイツ医事週報記者が来訪して、君の訳した『雞林医事』は校合することすこぶる難く、遽に排印に付しがたいと語る。高橋医学士から預かった論文一篇を取り出し、週報に載せるよう話す。記者喜んで承諾する。この日、大尉 Gossler 来訪
三月二十九日　仏街の営に至る。新病兵二人診察。次いで外科演習会に赴く
三月三十日　早朝に石黒を訪ねる。両営に至る。新病兵一人診察
三月三十一日　両営に至る。新病兵無し。外科演習会が終わる。この日、故国の妹喜美子が小金井良精に嫁す
四月一日　午前九時、両営に至る。隊付勤務についた当初、ケーレルより区域務は平日午前八時、日曜

日及び祭日八時四十五分開始と示されたが、実は医官の登営は午前九時であることがわかり、今朝から九時に登営する。新病兵無し。

四月二日　両営に至る。新病兵一人診察。三月分の近衛歩兵第二聯隊第一大隊病兵報を作り、聯隊医官に提出する。石黒に転居のことを通知

四月三日　仏街の営に至る。新病兵無し。ケーレルの命により、榴弾銃卒 Remy の兵役に適するや否やを診察して証書稿を作る。午後七時、石黒に随い Langenbeck 祭の会場である楽堂に赴く

四月四日～九日　両営に至る。新病兵を診察

四月十日　両営に至る。新病兵四人。午後、ケーレルを訪ねる。備忘日誌を借りて帰宅、燈下にこれを写す

四月十一日　両営に赴く。新病兵四人。十時頃石黒を訪ね、ともに衛生試験所に至り、北里柴三郎を見る。Petri と病院模型購入のことを議す

四月十二日　仏街の両営に至る。ケーレルの命で軍曹 Görzen を診察し診断証を作る。夜、一等軍医シヤイベの宴に石黒、谷口とともに赴く

四月十三日～十四日　両営に至る。新病兵を診察

四月十五日　仏街の営に至る。病院助手が、今朝聯隊は寺院に赴くためグラウィッツが早く来て一時前区域務を終わったという。夜、乃木少将の故国へ帰るを送る

四月十六日～十七日　両営に至る。新病兵を診察

四月十八日　両営に至る。新病兵四人診察。石黒に随い（谷口同行）、繃帯所に赴く

四月十九日　両営に至る。新病兵四人診察。グラウィッツと一年兵ら二十余人に種痘を行う。テッヘルで昼食。石黒に会う

四月二十日　両営に至る。新病兵八人。昨日の操練がすこぶる劇しかったので病兵が多いのだ、とグラウィッツがいう。この日、大尉 von Horn が来訪するが会えず

四月二十一日　両営に至る。新病兵四人。種痘一年兵二十余人。夜、川上少将が帰国するので見送る

四月二十二日～三十日　両営に至る。新病兵を診察

五月一日　仏街の営に行く。区域務、この日より午前七時開始

五月二日 両営に至る。昨来の新病兵七人を診る。薬櫃及び病院助手嚢を検査。一等軍医 Jonas 昇級のことを聞く。四月分第一大隊病兵表を提出

五月三日 朝、石黒を訪ねる。両営に至る。新病兵三人診察。この日、フリイドリヒ原病院外科医長 Eugen Hahn と知り合う

五月四日〜六日 両営に至る。新病兵を診察

五月七日 両営に至る。新病兵五人を診て後、衛戍病院に行き、榴弾卒 Kreuz 及び軍曹 Kämrich を診察、証書を作る。テツヘルで昼食、石黒に会う

五月八日 両営に至る。新病兵七人診察。石黒を訪ねる。翻訳を託される

五月九日 両営に至る。新病人四人を診る。十時前石黒を訪ね、石黒に随い(谷口同行)某所に赴く

五月十日 両営に至る。新病兵四人診察

五月十一日 両営に至る。新病兵四人診察。後、石黒に随い、谷口とともに撰兵場に赴く

五月十二日 両営に至る。新病兵四人診察

五月十三日 仏街の営に至る。区域務すでに終わったと聞き下宿に帰る。兵が教会に行く日で、八時受診のことを知らなかったのであった。福島大尉昇進のことを聞く。徳国医事週報記者 Samuel Guttmann が『雞林医事』の訳稿を返戻す

五月十四日 両営に至り、新病兵五人を診察した後、石黒に随い消毒車及び消毒外科用竃の注文に行く。南方より帰ったフィルヒョウをシェルリング街の居宅に訪ねて、自著「日本家屋論」の閲を請う。フィルヒョウ喜び迎えて一閲の後、稿本は人類学会に送り印刷させようと約束する。閑談数刻に及び、三浦の寄せた新著にも及び、フィルヒョウが彼の篤学を称賛する。『雞林医事』の訳稿についてフィルヒョウの意見を詢う。伯林民営学館の長バスチャンに見せ、去就を定めよといわれる

五月十五日 両営に至る。新病兵六人を診察。大学教授バスチャンを民営舘に訪ね、東洋人種源流及び宗教のことを話し合って後、『雞林医事』訳稿の閲を請う。バスチャン諾す。石黒よりシヤイベの書信につき知らせ来る

五月十六日 両営に至る。新病兵六人診察。石黒を訪ねる

五月十七日　両営に至る。新病兵六人を診る。猩紅熱の患者があり送院、その室を消毒する

五月十八日　両営に至る。新病兵四人を診る。聯隊の兵出営操練。一年区生、病院助手各一名随って行く

五月十九日　両営に至る。新病兵一人診察

五月二十日　両営に至る。グラウィッツ休務。一年医生と二人で病兵診察。新病兵一人。ケーレルより書状が届く

五月二十一日　両営に至る。新病兵二人診察。ドレスデン及びミュンヘンに視察旅行するため、午後、石黒に随いケーレルの家に休暇の請願に行く。小池正直が当地に到着する。故国の祖母、父母、弟妹の安否を聞く。緒方惟準と同収二郎の書信を受け取る

五月二十二日　両営に至る。新病兵三人診察。正装して聯隊事務所に赴き休暇の申告をする。日が暮れてから、小池、北里、中浜、隈川、河本等と石黒の家に会合する

五月二十三日　石黒の使いで北川が来るが、外出していて会えず。石黒に随い午後九時四十分にベルリンを発し、ドレスデンへ向かう。四時館に投宿する。田口、北川同行。夜、ドレスデンに着き、四時館に投宿する

五月二十四日　午前中、兵部省、軍団事務所及び司令部に赴き、大臣Graf von Fabrice、中将Schubert、軍医監ロオトの家を訪ねる。午後、石黒と馬車で公園に行く。夜八時、衛戍病院に行きロオトをはじめ旧知の諸軍医と会う。十二時散会。帰途、ロオトと石黒とともにコーヒー店に立ち寄り、午前一時半までビールを飲む

五月二十五日　朝九時半にロオト、石黒、某一等軍医と四人で馬車に乗り猟銃兵営に赴く。猟銃大隊、歩兵聯隊、輜重隊を見てまわる。輜重隊で昼食をとる。夜十時過ぎ、ロオトと約束した麦酒店へ石黒とともに行く。ロオトほか軍医二人来会。談笑十二時半に至り、明日の会合を約して宿へ帰る

五月二十六日　十一時半、石黒に随って衛戍病院に赴く。ロオトはすでに来て待っている。院長の案内で院内を見てまわり、終わってからロオトに昼食に招待される。ロオトが盃をあげて歓迎の挨拶をする。夜九時よりロオトをはじめ諸軍医と酒楼に会し、痛

飲一時半に及ぶ。この日、ベルリン人類学会の集会が開かれ、先にフィルヒョウの校閲を得た「日本家屋論」第二稿が彼の周旋で印刷の上、出席会員に配布される

五月二十七日　朝五時三十分にドレスデンを発ち、夕七時三十分ミュンヘンに到着。儲君亭に投宿する。荷物が着かないので石黒と一緒に停車場に探しに行く。受け取って宿に帰る

五月二十八日　石黒に随って兵部省、市司令部に行き、軍医総監召 von Lotzbeck、陸軍大臣 Heinlth を訪問。次いで当地で石黒の先導役を命ぜられた一等軍医ウェーベルの家を訪ねる（不在）。午後、ウェーベルが正装して来訪、二時より衛生中隊の演習ならびに衛生中隊の兵営を見る

五月二十九日　石黒に随い、衛戍病院を見る。軍医正 Vogl、一等軍医 Hans Buchner が案内してくれる。午後五時二十八分にミュンヘンを発ち、ベルリンに帰る

五月三十日　朝、ベルリンに帰着

六月一日　石黒を訪ね、旅行中諸支払の清算をし残金を返す

六月二日　両営に至る。新病兵九人診察。テッヘルで石黒、田口、浜田と昼食。石黒が福島を経て林太郎の隊付被免の申し立てをする

六月三日　両営に至る。新病兵二人。五月分の第一大隊病兵表二を提出する。午後、フリードリヒ街で、石黒、田口、加藤、谷口、片山、浜田、中浜、北里、江口、北川、武島、瀬川、尾沢、島田、坂田、河本、隈川、山根と一緒に写真を撮る

六月四日　両営に至る。新病兵十二人診察。診察後直に石黒を訪ね、石黒に随ってバイエルン公使、サクソン公使のところへ先日旅行中の礼に赴く。午後、ケーレルを訪ねる

六月五日　両営に至る。新病兵七人

六月六日　両営に至る。新病兵三人

六月七日　両営に至る。テッヘルで中食。石黒、浜田、田口に会う

六月八日　両営に至る。昨日と合せて新病兵十六人。先に依頼した高橋医学士の論文が『ドイツ医事週報』に載る。石黒を訪ねて、これから先のことを

話し合う。潘飛声、桂林と知り合う
六月九日　両営に至る。新病兵七人診察。テッヘルで昼食。石黒に会う
六月十日　仏街の営に至る。検陰。新病兵五人、別に眼病あるもの五人。ケーレル来観。夜、故国に帰る野田会計監督を送る
六月十一日　両営に至る。新病兵一人。昨日発病した指街営の兵二人も診察。テッヘルで昼食。石黒に会う
六月十二日　両営に至る。新病兵二人。ケーレルを居宅に訪ね、病兵月報の事を話す。シヤイベの書信の件で石黒が下宿に来訪
六月十三日　両営に至る。新病兵六人。ケーレルが五月病兵副本を返しに来る。その末尾に、「一千八百八十八年六月十三日於伯林閲了、認識其正」と記されている。バスチャンより来書。先に頼んだ『雞林医事』は分量が多く民学雑誌には収め切れないので、国際民営記録の副冊として発行してはどうであろうかと聞いてくる。承諾の返事を出す
六月十四日　両営に至る。新病兵二人診察。ケーレルの指示により、午後五時再び仏街の営に至り、聯隊担卒の傷兵担卒演習を見学する。聯隊医官も来観
六月十五日　両営に至る。新病兵三人。午後、仏街の営に行きグラウィッツの担卒教導を参観する。この日、ドイツ国皇帝フリードリヒ三世が崩御
六月十六日　両営に至る。新病兵五人診察
六月十七日　午前九時、仏街の営に至る。兵が教会へ行く日であったため、すでに区域務が終わったことを聞く。聯隊からの知らせを受けなかった一年医生某も出勤する。新帝ヴィルヘルム二世より全軍六週間服喪の布告出る。夜、同郷の医家十数人が、石黒軍医監、片山大学教授と林太郎の送別会を開く
六月十八日　両営に至る。昨来の新病兵六人を診察。石黒が来て下宿でともに食事をする。午後五時、仏街の営に行く。担卒集合して待つが、グラウィッツは来ない。五時半、担卒解散。この日、フリードリヒ三世を葬る
六月十九日　両営に至る。新病兵四人診察。シヤイベから明日二十日の晩餐会に招かれる
六月二十日　両営に至る。新病兵五人を診察する。

午後四時、石黒、谷口とシャイベの居宅に赴き晩餐にあずかる。夫人と子女も応接する

六月二十一日　朝八時、石黒に随い、シャイベ、谷口とともに銃卒聯隊に行き、担架卒の演習を見る。師団医官 Krautwurst、一等軍医 Amende と語る

六月二十二日　両営に至る。昨来の新病兵十人を診察する

六月二十三日　両営に至る。新病兵七人。大隊医官諸病兵診察。テッヘルで中食、石黒と会う

六月二十四日　両営に至る。新病兵五人。検陰。夜、石黒、多胡、千賀、田口、北川とともにミュルレルに招かれる

六月二十五日　両営に至る。新病兵五人あり。明日の演習参観につき石黒より知らせが来る

六月二十六日　朝早起きして石黒に随い、Plötzen 湖上に衛生隊担架卒の演習を見る。十二時石黒の宿所に帰りコーヒーを飲む

六月二十七日　両営に至る。昨来の新病兵十四人を診察する

六月二十八日　両営に至る。新病兵四人

六月二十九日　朝早起きして石黒に随い、七時十分前に発車、シェーネベルク停車廠に至り、担架卒の習練を見る

六月三十日　両営に至る。昨来の新病兵十三人を診察する。今月二十一日に兵部省医務局より解職の命令が出たことを知らせるケーレルの書状が来る。夜、三冠亭で大和会員による帰国を祝う送別会があり石黒とともに出席、ドイツ語で告別の挨拶をする

七月一日　午前、聯隊事務所に赴き、聯隊長陸軍中佐 von Petersdorff に告別の申告をする。午後五時、ケーレルの居宅を訪問、謝恩告別する

七月二日　石黒に随い、諸官衙、諸将校の家を訪ねて告別の挨拶をする。これで二月十日以来の隊務はすべて終了する

七月三日　ベルリン滞在中世話になった諸家に帰国の挨拶をしてまわる。テッヘルで石黒と昼食。帰国をともにすることを話し合う

七月四日　行李を整理する

七月五日　夜九時二分、ハノファ経由アムステルダム行き列車でベルリンを後にして帰国の途に就く。

同行者は石黒軍医監。停車場に多くの人が見送りに来る

七月六日　朝七時オランダの国境に入り、九時五十分アムステルダムに着く。Blacks Doeln Hôtel に投宿。昼食後案内者を雇って、石黒とともに王城をはじめ市内の諸所を見物する。府内を河が縦横に流れており、橋の数が三百あると案内者がいう。夜も石黒について散歩しカフェに憩う

七月七日　夕方五時四十五分の列車でアムステルダムを発つ。十時、フリーシンゲンに至る。上船。波穏やかなり

七月八日　朝七時、クイーンズバラに着き、汽車に乗り八時十分ロンドンに入る。高橋邦三が石黒を迎えに来ていて彼に導かれて Highbury New Park N. London の Mrs. Laughton の家に投宿する。高橋義雄先在。公使館及び領事館を訪う

七月九日　夕方、ラングハム客館に樺山海軍次官とその属僚を見る

七月十日　尾崎行雄が来て同居する。夜七時、河瀬全権公使に招かれたので石黒と同行する。石川県人中田敬義と語る

七月十三日　午後、石黒と市中を散歩し、七時半宿に帰る

七月十四日　午前十一時、石黒、尾崎と外出、山本海軍軍医少監の案内で聖トーマス病院を視察する。昼食後、博物館に至る

七月十六日　朝、高橋の案内でネットレーの女皇医院を視察する。外科医サー・トーマス・ロングモアは帰宅した後であったために会えなかった

七月十七日　朝十時、石黒と外出して買物をする。夕方、公使館、領事館に赴き、帰国の挨拶をする

七月十八日　ロンドンを発ちパリに向かう。別れに際し尾崎より自著『退去日録』一巻を贈られる。

七月十九日　朝七時半、パリに着く。オテル・ペレに投宿。公使館に赴き田中不二麿全権公使に挨拶する。戸沢少佐の家を訪ねる

七月二十日　午後石黒と散歩。砲兵博物館やナポレオン一世の墓に詣る

七月二十一日　戸沢少佐と昼食。トロカデロ広場に行き、高塔に登る。全都を見下ろす。その後、馬車

を雇い公園に行く。田中全権公使邸で晩餐、夫人に会う。終わって石黒、外山と散歩

七月二十三日　朝、石黒と衛生参考館に赴くが、来月五日十時でないと開かないというので、見ることができず。午後、石黒、戸沢とともに陸軍省を訪ねる。夜、石黒、外山とともに外出し、途中別れてテアトル・フランセのギリシャ古典劇を見物に行く

七月二十四日　昼食後、石黒と車で戸沢少佐を訪ね、ともにワルドクラス陸軍病院を視察する。隣の軍医学校は公使館照会の手違いでここも見られず

七月二十五日　午前に石黒、諏訪とともにパスチュールを訪ね、傷の治療を見る。患者五十余人が来ている。午後、救難衛生博覧会と博物館を参観

七月二十六日　午後一時石黒に随い軍医学校の視察に赴く。帰途、モンパルナスの墓地に眠る鮫島公使、林紀軍医総監の墓参をする。その後、病院建築のことを聞くため建築家を訪ねる。夕食後、石黒、松平、諏訪と宜生の古劇を十二時ごろまで見る

七月二十七日　午後七時五分にパリを発ち、マルセイユに向かう

七月二十八日　午前十時四十分マルセイユに着く。オテル・ジュネーヴに投宿する。この宿は五年前希望を抱いてドイツへ向かう途中宿泊した宿で、その時の一行十人の写真を大きく引き伸ばしたものが壁に掲げてある。感慨あり

七月二十九日　午後一時、馬車で波止場に至り、フランス船アヴァ号に乗り、マルセイユを発して東に向かう。邦人の船客は石黒の他に徳大寺公弘、前田利武、栓平乗承、橋口文蔵、外山修蔵の五人

八月一日　体温計を壊す。体温測定を中止する

八月三日　朝五時、アレキサンドリアに着く。投錨。十一時、アレキサンドリアを発つ

八月四日　夜、ポートサイドに泊る

八月九日　アデンに泊る。紅海を過ぎ印度洋に入る。涙門で詩を一首作る

八月十六日　コロンボに泊る。十二時上陸。石黒、徳大寺、前田、松平、外山と車で市中をめぐる。梵語院にいる釈興然に会い、詩を一首作って贈る。石黒も和して同題の詩を作る

八月十七日　八時、コロンボを発す

八月二十二日　海上波穏やか。朝九時三十分、シンガポール港に入り十時半投錨。馬車でホテルヨーロッパに投宿。石黒、松平、前田、橋口と市中を散歩。途中で別れる。外山と徳大寺は公園に行く
八月二十三日　朝四時抜錨
八月二十五日　朝四時、サイゴンに着き五時半投錨。市中は雨。サイゴンに泊る。夜間蚊に苦しむ
八月二十七日　朝、サイゴンを発す
八月二十九日　海上平穏。夜十二時、香港に投錨
八月三十日　香港領事館に赴き、故国の新聞を読む。帰途、市中の飯店で昼食。夕方抜錨。船中に長崎の好眺楼主（オランダ人）の妻と二女がいて長崎へ行くという。みな美人なり。戯れに詩を一首作る。石黒も詩「歩菁韻」「寄森君」を作る
九月二日　朝五時、楊子江口に停船。小船に乗って黄浦江を遡り上海に行く。高平領事を訪ねる。鉄馬路の東和洋行に投宿する。日本食が出る。夕方、大同書房に行き、雑籍二、三種を購う。蚊が多くて帳を垂らして眠る
九月三日　朝、高平領事が見える。午後一時、本船に帰着。ただちに抜錨する。この日の「日記」に、航海中の戯詩「日本七客歌」を記す。
九月四日　海上平穏。先日の石黒の詩「寄森君」に対し、返しの詩を作って贈る
九月六日　夜半一時、和田岬に達す
九月七日　早朝五時抜錨。石黒と旅行中の費用の勘定をする
九月八日　午前八時、横浜へ着く。横浜まで父、次弟篤次郎、末弟潤三郎が迎えに来る。旅館に入り休憩。午後、東京に入る。西周夫妻、小金井良精などが迎えてくれる。陸軍省その他へまわって帰朝の挨拶をし、夕方になってようやく祖母、母、妹喜美子の待つ千住の自宅へ帰る。この日、陸軍軍医学舎教官に補せらる
九月十二日　陸軍軍医学会会員主催の帰朝歓迎会が偕行社で開かれ、石黒軍医監とともに出席する。留守中千住の家に妹喜美子が、夫の小金井良精の北海道土産を持って来る。妹喜美子が帰る際に、母から夫良精あてに含みのある言付けを頼まれる。この日、ドイツ船ゼネラルヴェーダー号で、エリーゼ・ビー

ゲルトが林太郎の後を追って来日し、東京築地の精養軒に入る

九月十四日　夜、小金井良精が帰朝の祝いを述べに千住の家に来る。良精は去る七月五日アイヌの骨格を調べるため学生を連れて北海道に渡り、今月六日に帰宅したのだが、七日は腹痛下痢のため終日臥床、八日新橋駅で林太郎を迎えたが、十日から大学が始まり、やっとこの日来訪できたのである

九月十五日　石黒、川上、川崎、橋本、野田、早川とともに大山陸軍大臣に招かれて出席する。

九月十七日　「軍医学舎右翼の結構に関する意見」を提出する

九月十八日　西周を訪ね、婚姻の返辞をする

九月二十一日　旅費のことで石黒を訪ねる

九月二十三日　夜、エリーゼへの対応について家族が集まり相談をする

九月二十四日　滞独中の謝意を表するため、石黒軍医監とドイツ公使館を訪ねる。この朝早く、母峰子は東片町の小金井家に喜美子を訪ねてエリーゼ来日のことを話し、今夜相談のため良精に千住へご苦労してもらうから遅くなっても心配しないようにという。次弟篤次郎が大学の教室に良精を訪ね、エリーゼの件について相談したいので、夕方千住まで御足労願いたいと頼む。良精、夕方千住に来る。親族会議は深夜まで続き、結局明日、良精が森家の正式な代表としてエリーゼに面会し、森家のことを詳しく話し無事帰国するよう取り計らうことに決める

九月二十五日　横井軍医長から、煉瓦構造の家屋に居住する件につき質問を受けたので、即刻文書にして回答する。小金井良精が昨夜の申し合わせ通り築地の精養軒にエリーゼを訪ね、森家の実情、林太郎の気持ちを伝えて説得にあたる

九月二十六日　横井軍医長へ昨日の質問について再度文書で回答する。小金井良精は午後二時前いったん帰宅し、三時半に家を出て再び精養軒にエリーゼを訪ね説得を続ける。次弟篤次郎も来る。エリーゼの心が少し動き帰国に傾く。良精は千住に行きエリーゼのようすを述べて相談し、明日公退後に良精と林太郎がエリーゼを訪ねることにする

九月二十七日　宮中に参内、拝謁を仰せつけられる。

夕方、築地精養軒にエリーゼを訪ねる。良精も間もなく来る。良精は午後四時からの集談会に出席したが医学会は欠席して来た。良精は暫時にして去る

九月二十八日　「病床日誌其他の艸案」を見る。日本造の家屋の床下にあたるものが西洋造の家屋にあるのか、日本造の家屋の床下に石灰を撒布する消毒法の可否等についての横井軍医長の問いに、文書で答える

九月二十九日　赤十字病院の地を相するため青山御料地に赴く。石黒軍医監と橋本医務局長も来る。ベルツ教授は米公使夫人臨産のため不参。夜六時、橋本医務局長の招宴に出る。石黒、横井、石坂、橋本医務局長夫人とその両児が出席する。十時辞去

十月二日　午後、小金井良精が精養軒にエリーゼを訪ねる。「模様宜シ。六時帰宅」と日記に記す

十月四日　エリーゼへの手紙を小金井良精に託す。午後、良精は精養軒に行きエリーゼに手紙を渡す。エリーゼが林太郎の手紙を読んで機嫌が悪くなると良精はすぐに帰宅し、林太郎へこのことを連絡して事後のことを協議する

十月五日　良精、午後エリーゼの宿へ行き、林太郎の気持ちを説明して説得を続ける

十月六日　石黒軍医監を訪ねる

十月七日　朝、母峰子が次弟篤次郎と妹喜美子を連れて石黒を訪ねる。留学中の礼を述べ、赤松家との婚姻のこと並びにエリーゼについての森家の対応を述べる

十月八日　軍医学舎舎長、軍医監石阪惟寛が、林太郎のことについて石黒に内談する

十月十日　石黒を訪ねる

十月十二日　賀古鶴所、石黒を訪ねて林太郎のことを相談する。夕方、賀古はさらに東片町の小金井良精を訪ね、石黒との相談の内容を伝え夕食をともにしながら今後のことを協議する

十月十四日　エリーゼのことについて賀古鶴所に書信を送る。賀古が石黒と小金井を訪ねたこと、会って話したいといって来たのに対しての返事である。午後、築地の宿にエリーゼを訪ねる。良精も来ていろいろ話し合う。いったん別れて帰宅した良精が夜千住に来訪。十時近くまで協議する

十月十五日　麻布の兵営に行く。小金井良精、午後築地精養軒にエリーゼを訪ね、都合で本日の横浜行を明日に延ばしてくれるよう申し入れる

十月十六日　午後二時前、築地精養軒にエリーゼを訪ねる。良精も間もなく来る。二時四十五分新橋発の汽車で横浜へ向かう。糸屋に投宿する。次弟篤次郎もすでに待っている。夕食後、馬車道、大田町、弁天通りを四人で遊歩する

十月十七日　午前五時に起き、七時半艀舟に乗って本船（ゼネラルヴェーダー号）までエリーゼを送る。九時にゼネラルヴェーダー号抜錨。九時四十五分の汽車で帰京。良精とは新橋駅前で別れ、石黒軍医監を訪ねてエリーゼ帰国のことを報告する

十月二十日　母峰子が赤松家との婚姻を進めてもらうため、次弟篤次郎を連れて西周を訪ねるが不在であったため、夫人升子に委細を頼んで帰る

十月二十一日　西周、午前中に妻升子を林洞海のもとにやり、赤松登志子と林太郎縁組のことを頼む。次弟篤次郎はこの日重ねて西周を訪ね、兄の結婚のことを急いでもらいたしと頼み込む

十月二十三日　朝、林洞海が石黒忠悳を訪ね、赤松登志子と林太郎の縁談のことを話し合う

十一月七日　午前、林洞海が西周を訪ね、赤松登志子の縁談の返事を伝える。西夫妻は早めに昼飯をすませて千住に来訪し、静男、峰子夫妻に赤松家より承諾の返事があったことを伝える。夜、次弟篤次郎が石黒を訪ねる。この日、妹喜美子、小金井家へ入籍する

十一月八日　横井軍医長の「部往号外」を以ての問い合わせに文書で答える。母峰子、夜に入って西周を訪ね、林太郎の縁談の媒酌について頼む

十一月九日　西周、前夜頼まれた林太郎縁談媒酌の件で朝のうちに升子を林洞海のもとにやる。升子、午後二時過ぎに帰宅、林洞海も媒酌を西に任せるという。森家では先夜依頼した件の返事を聞きに、西邸へ次弟篤次郎を行かせる。篤次郎、周が媒酌人になることを承諾した旨の返事を得て帰宅する

十一月十日　西周、林洞海へ書状を送り、登志子縁組の媒酌を引き受けることを伝える

十一月十八日　医科の教授仲間の会が浅草へ芝居見

物に行く。次弟篤次郎が世話役をし、森家でも家内中で見物する。狂言は大久保彦左衛門と義経千本桜

十一月十九日 西周夫妻を主賓に招き、午後四時より上野精養軒において良精の婚祝と林太郎帰朝の祝宴を開く

十一月二十日 西周に昨夜来駕につき礼状を出す

十一月二十一日 西周、この日林太郎結納のことで林洞海に書を送る。夕方、次弟篤次郎が西周を訪ね結納目録を認める

十一月二十二日 陸軍大学校教官に兼補せらる。赤松家へ結納を贈る。赤松家からも結納を贈り来る

十一月二十四日 大日本私立衛生会で、「非日本食論ハ将ニ其根拠ヲ失ハントス」と題して講演する

十二月三日 夜、饗庭篁村に手紙を書き、「日本家屋説自抄」とともに翌四日送る。『陸軍軍医学会雑誌』第二十四号に「軍医学新著ノ要領」が載る

十二月八日 『東京医事新誌』第五百五十八号に「別天過侠氏の書簡」が載る

十二月十四日 「非日本食論ハ将ニ其根拠ヲ失ハントス」を単行本として発行する

十二月十五日 『東京医事新誌』第五百五十九号に「マツケンヂーノ解嘲ヲ読ム」が載る

十二月二十二日 『東京医事新誌』第五百六十号に「将来ノ煖室爐」が掲載される

十二月二十四日 一等軍医の一等給に昇給する

十二月二十五日 赤十字社特別社員となる

十二月二十七日 石黒軍医監を訪ねて旅費の清算をする。勅令第九十七号を以て、陸軍軍医学校条例公布とともに軍医学舎は軍医学校と改称され、石黒軍医監は校長専務となる。林太郎は陸軍軍医学校教官兼陸軍大学校教官衛生会議事務官に補せられる。この日発行の『陸軍軍医学会雑誌』第二十五号に「消毒ノ実行」が載る

十二月二十九日 この日発行の『東京医事新誌』第五百六十一号に「伝染病分類図」が載る

十二月下旬 「煖室爐ハ空気ヲ乾カスヤ否」を草し、石黒軍医監の慫慂により偕行社に送る。年末に森田思軒、坪内逍遙、長谷川四迷、饗庭篁村の四人と翻訳叢書というものを発行しようと相談して、ルソーの「懺悔記」の翻訳にとりかかる 〈了〉

所管 兵種		近衛 歩兵科	近衛 騎兵科	近衛 砲兵科	近衛 工兵科	近衛 計	第一師團 歩兵科
鐵棒演習	甲	一	…	…	…	一	…
	乙	一二	…	二	…	一三	六
棚演習	甲	一	…	…	…	一	…
	乙	二	…	…	…	二	一三
木馬演習	甲	二	…	…	…	二	…
	乙	五一	…	一四	…	六五	二四
手摺演習	甲	一	…	…	…	一	…
	乙	二一	五	一	一	二八	二二
高手摺演習	甲	…	…	…	…	…	…
	乙	二	…	一	…	三	五
跳縄演習	甲	一	…	…	…	一	…
	乙	二	…	一	…	三	…
跳臺演習	甲	一	…	…	…	一	…
	乙	九	四	四	…	一七	四
障碍物演習	甲	一六	…	…	…	一六	…
	乙	一七	…	…	…	一七	…
双欄飛越演習	甲	…	…	…	…	…	…
	乙	…	…	…	…	…	二
階段演習	甲	…	…	…	…	…	…
	乙	…	…	…	…	…	一九
木銃試合演習	甲	…	…	…	…	…	…
	乙	…	…	…	…	…	一
吊鐶演習	甲	…	…	…	…	…	…
	乙	…	…	…	…	…	二
固定圓木演習	甲	…	…	…	…	…	…
	乙	…	…	…	…	…	…
半車輪演習	甲	…	…	…	…	…	…
	乙	…	…	…	…	…	…
階梯演習	甲	…	…	…	…	…	…
	乙	…	…	…	…	…	…
石垣演習	甲	…	…	…	…	…	…
	乙	…	…	…	…	…	…
計		一五四	一〇	二六	[illegible]	一八八	八八
總員毎千比例		一二八・八四	七・七二	一七・七五	七・七	一四八・〇六	六七・九〇

軍陣衛生學、組織撿査法、內科診斷法、眼科診斷法ナリ

本年度海外留學醫官ノ員數ハ計八名ニシテ內六名ハ前年度ノ繼續二名ハ本年度ノ留學ニ係ル

但シ明治十七年中獨逸國ニ官費留學ヲ命シタル一等軍醫一名ハ本年九月歸朝シ同十九年中同國私費留學ノ三等軍醫一名ハ本年五月歸朝シタルヲ以テ年抄現員ハ六名ナリ即チ官費二名、自費四名ニシテ獨逸國ニ五名、米國ニ一名トス

前記本年九月歸朝シタル一等軍醫ハ醫學士森林太郎ニシテ同人ハ十七年十月ヨリ十八年十月マテ獨逸國來責ニ於テ敎師「ホフマン」ニ就テ衛生學ヲ修メ同十月ヨリ十九年三月マテ同國德停ニ於テ「ロート」ニ就キ軍陣衛生學ヲ研窮シ同三月ヨリ二十年四月マテ同國民顯ニ於テ「ペッテンコーフェル」ニ就テ衛生學ヲ修メ同四月ヨリ本年七月マテ伯林ニ於テ「コッホ」ニ就キ細菌學ヲ研究シ且留學中日本兵食論、麥酒利尿論、アグロステンマ毒滅却論、伯林下水中病菌論等ヲ著述セリ

一本年中器械體操ニ基因スル一等症患者ハ左ノ如シ（表中甲ハ恩給ニ係ルモノ乙ハ其他ノモノ）

［**資料**］『陸軍省医務局第十四年報』（明治21年1月1日～同年12月31日／陸軍省刊）の9頁に掲載されている鷗外帰朝に関する記事

［著者略歴］
金子　幸代（かねこ　さちよ）
お茶の水女子大学大学院修士課程修了、一橋大学大学院博士後期課程満期退学、富山大学名誉教授。専攻は日本近代文学・比較文学。主に森鷗外研究（特にドイツ留学時代、および日独の女性解放運動との関係）、女性雑誌の研究、映画と文学の文化史的研究。［主要著書］『鷗外と〈女性〉――森鷗外論究』（1992年、大東出版社）、『鷗外と神奈川』（2004年、神奈川新聞社）、『鷗外と近代劇』（2011年、大東出版社）、『鷗外女性論集』（編・解説、2006年、不二出版）、『『女子文壇』執筆者名・記事名データベース』（監修・解説、2011年、不二出版）、『小寺菊子作品集』（編集・解説、2014年、桂書房）、『森鷗外の西洋百科事典――『椋鳥通信』研究』（2019年、鷗出版）等。

鷗外《おうがい》　わが青春《せいしゅん》のドイツ
二〇二〇年十一月二十日　初版第一刷発行
著者＝金子幸代　発行者＝小川義一　発行所＝有限会社鷗出版
〒二七〇―〇〇一四　千葉県松戸市小金四四七―一―一〇二
電話＝〇四七―三四〇―二七四五　FAX＝〇四七―三四〇―二七四六
装幀＝鷗出版編集室　印刷製本＝株式会社シナノ パブリッシング プレス

ISBN 978-4-903251-17-2 C3095

【鷗外関連書のご案内】

鷗外研究年表……定価一三二〇〇円

苦木虎雄著／森鷗外について実証的な考究を続け執筆開始から脱稿まで十七年を費やした大著。鷗外誕生の文久二年（一八六二）から死去の大正十一年（一九二二）までの鷗外の生涯に関する事項を可能な限り探索し、各年別、月日単位で詳細に記す。補足説明が必要な箇所には適宜解説を施す。

『鷗外全集』の誕生 森潤三郎あて与謝野寛書簡群の研究……定価六六〇〇円

森富・阿部武彦・渡辺善雄著／森鷗外没後、与謝野寛は最初の『鷗外全集』（鷗外全集刊行会）を編集、それを陰で支えた鷗外の末弟森潤三郎。本書では、その潤三郎あての寛書簡群を解読して注解を加え、編集者として有能だった寛とそれを誠実に助けた潤三郎に光をあてる。

鷗外全集刊行会版『鷗外全集』資料集……定価五二八〇円

鷗出版編集室編／鷗外没後間もなく国民図書・春陽堂・新潮社の三社が共同し、鷗外全集刊行会として初の『鷗外全集』を刊行。最初に菊判・全一八巻、次に普及版（四六判・全一七巻）を出した。その全巻目次、肉筆（与謝野寛等）入朱校正刷および普及版月報全頁と普及版内容見本を影印掲載。歴代鷗外全集月報の目次・題名索引・執筆者索引も併載。

森鷗外主筆・主宰雑誌目録……定価八五八〇円

苦木虎雄著／鷗外が主筆または主宰者として関わった雑誌『東京医事新誌』『衛生新誌』『医事新論』『衛生療病志』『公衆医事』『しがらみ草紙』『めさまし草』『芸文』『万年草』全号の目次を収め、説明と注釈を付す。執筆者名索引付き。

日清戦争と軍医森鷗外『明治二十七八年役陣中日誌』を中心として……定価五二八〇円

森富著／明治二十七年、中路兵站軍医部長として朝鮮へ、さらに第二軍兵站軍医部長として清国へと出征した鷗外の事跡を、孫であり同じ医学者である著者が、史料『明治二十七八年役陣中日誌』（大本営野戦衛生長官部）を紹介しつつ鷗外の「徂征日記」「日清役自紀」とも比較しながら検証。

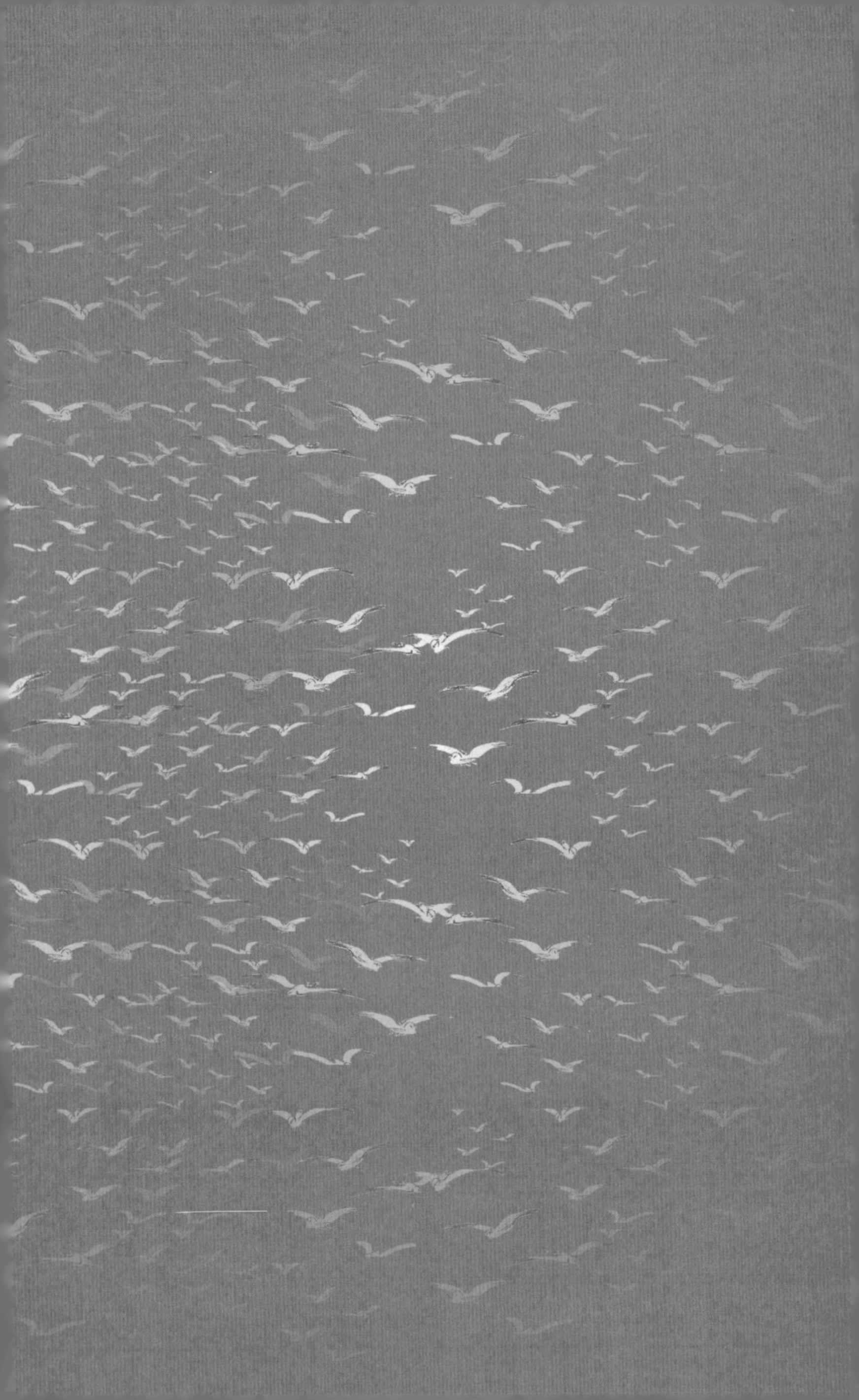